BASTEI
LÜBBE

KONSALIK

Das Wunder von Bajkonur

und andere russische Geschichten

BASTEI
LÜBBE

BASTEI-LÜBBE-TASCHENBUCH
Band 12902

Lizenzausgabe: Bastei Verlag Gustav H. Lübbe GmbH & Co., Bergisch Gladbach
Printed in Germany Januar 1999
Einbandgestaltung: K. K. K.
Titelfoto: beide Motive von »Superbild«
Satz: hanseatenSatz-bremen, Bremen
Druck und Verarbeitung: Elsnerdruck, Berlin
ISBN 3-404-12902-4

Inhalt

KONSALIK

Das unanständige Foto

Mit 15 Illustrationen von J. A. Hess

1

Jedermann in Nowo Korsaki zog vor Nikita Romanowitsch Babajew die Mütze.

Der Parteisekretär Kasutin blieb auf der Straße stehen, wenn er Babajew traf, und klopfte ihm leutselig auf die Schulter; der reiche und unanständige dicke Baubeauftragte Zwetkow winkte ihm aus seinem Auto zu; der Apotheker Dudorow ließ ihn ohne ein kleines Schwätzchen nicht an seinem Laden vorbeigehen; und sogar Akif Victorowitsch Mamedow, der Pope, lehnte sich an den Zaun des Kirchengartens, stützte sich auf den Stiel seiner Hacke und sagte: »Wie geht es uns denn heute, du Heide? Daß dich noch Gottes Sonne bescheint, ist ein wahres Wunder.«

Dann lachte Babajew geschmeichelt, entgegnete ein paar heitere Worte und setzte seinen Weg fort.

Die allgemeine Freundlichkeit, die ihm entgegenschlug, verdankte er nicht seinen auffällig roten Haaren, obwohl diese hier in Sibirien eine wirkliche Sehenswürdigkeit waren, sondern seinem Beruf.

Babajew war Fotograf.

Man wird nun mit Recht einwenden: Na ja, was ist denn schon dabei? Wenn jeder Pope beim Anblick eines Fotografen einen Segen ausspräche, wo käme man da hin? Natürlich ist das unmöglich, aber man muß berücksichtigen, daß man sich hier in Nowo Korsaki befand.

Im Süden des südlichen Urals, am Unterlauf des Flusses Tobol, in der Nähe der sechs Seen, die man rätselhafterweise ›Die sechs Jungfrauen‹ nennt, liegt diese Kleinstadt in einer von Wäldern eingeschlossenen Niederung, zu der eine einzige Straße führt. Im Winter ist diese durch Schneeverwehungen unpassierbar, im Frühjahr und im Herbst versinken die Fahrzeuge im Schlamm, und nur im Sommer ist es einigermaßen möglich, nach Kustanaj, einer etwas größeren Stadt, zu kommen, von der man nach mehrmaligem Umsteigen mit der Bahn nach Magnitogorsk gelangen kann.

Es wird behauptet, daß die ersten Bewohner der Gegend von Nowo Korsaki im Jahre 1789 entdeckt wurden, als eine Kosakenabteilung auf dem Weg zum Ural im Tobol ihre Pferde tränkte und plötzlich Rauch aus den Wäldern aufsteigen sah. Die wilden Kerle ritten mit großem Geschrei in die einsame Siedlung ein, erfuhren, daß die Bewohner entlassene Verbannte waren, vergewaltigten die Frauen und Mädchen, und hauptsächlich dadurch gefiel es ihnen so gut in den Hütten, daß sie blieben und die Siedlung weiter ausbauten. Die kleine Stadt, die so entstand, tauften sie nach ihrem Kosakenführer Korsaki. Aus dem Ort Orsk am Ural raubten sie schließlich einen Popen, zimmerten eine Kirche und lebten von da an so frei wie die Wolken am Himmel und die Wellen des Tobol.

Die politischen Wandlungen Rußlands erlebten sie nur am Rande mit. Selbst als im Jahre 1922 zum erstenmal ein Mann in schwarzer Lederjacke aus Magnitogorsk

Es wird behauptet, daß die ersten Bewohner der Gegend von Nowo Korsaki im Jahre 1789 entdeckt wurden, als eine Kosakenabteilung auf dem Weg zum Ural im Tobol ihre Pferde tränkte …

erschien, sich als Kommissar der Bolschewisten vorstellte, tönende Reden hielt und verkündete, es werde nun alles anders, Rußland gehöre den Russen – was in Nowo Korsaki nie jemand bezweifelt hatte –, selbst dann änderte sich nicht viel. In der kleinen Stadt wurde ein Parteihaus gebaut, man mußte auf einmal Steuern zahlen, und ein überlebensgroßes Denkmal aus Gips wurde errichtet, das einen Mann namens Lenin darstellte. Er zeigte mit ausgestrecktem Arm und starren Augen hinüber zu den ›Sechs Jungfrauen‹, als wollte er mit lauter Stimme ausrufen: »Dort drüben gibt es dicke Störe!«

Das alles nahmen die Nowo Korsakier hin mit der Gelassenheit echter Waldmenschen. Nur als der Parteifunktionär die Kirche abreißen lassen wollte und den damaligen Popen Bulak provokativ am langen, schwarzen Bart zog, wallte das alte Kosakenblut wieder auf. Der Parteimensch erlag einer rätselhaften Krankheit, bei der einem die Schädeldecke platzt. Er wurde schnell begraben, und dann wartete Nowo Korsaki gelassen auf den Neuen, der aus Magnitogorsk kommen mußte.

Mit den Jahren wuchs die kleine Stadt beachtlich, auch wenn sich an den Zufahrtsmöglichkeiten nichts änderte. Ein Sägewerk entstand, ein Magazin wurde gebaut, der Genosse Zwetkow wurde als Baubeauftragter eingesetzt, und er errichtete einen großen Lehrbetrieb, in dem Landwirtschaftsingenieure ausgebildet wurden. Ein Arzt kam nach Nowo Korsaki, dem ein Apotheker folgte, und da die neue Siedlung sich als die realisierte Idee eines Irren herausstellte (denn wie kann man Häuser bewohnen, zu denen keine Straßen führen?), bekam Zwetkow den Auftrag, auch noch für die Errichtung eines kleinen Flugplatzes zu sorgen. So wurde Nowo

Korsaki an die große weite Welt angeschlossen, wenn auch nur die Hubschrauber und Transportmaschinen der landwirtschaftlichen Schule dort landeten und aufstiegen.

Zuletzt war es auch nicht ausgeblieben, daß eines Tages Babajew, der als junger Mensch zur Ausbildung nach Smolensk gegangen war, in die Heimat zurückkehrte und im elterlichen Haus ein Fotogeschäft eröffnete. Er nahm von einem Fenster die Gardine weg, hämmerte dahinter einen Holzkasten zusammen, stellte in diesen zwei Fotoapparate und zwei auf Pappe gezogene Plakate mit Buntfotos von Moskau und Leningrad hinein, malte ein Schild: ›N. R. Babajew – Fotograf‹ und fertigte ein Porträt von der Großmutter des Parteisekretärs Kasutin an. Die uralte Schanna Bespulowa starrte ihr Bildnis an, klatschte in die Hände, verdrehte die Augen und fiel in Ohnmacht. Es war das erste Foto, das sie von sich gesehen hatte.

So etwas spricht sich natürlich herum. Babajew bekam dadurch rasch viel zu tun, fotografierte so ziemlich jeden Bürger von Nowo Korsaki, baute sich noch ein Atelier ans Haus, ließ aus der Stadt die modernsten Laborgeräte kommen, die er vorführte wie ein Museumsdirektor seine seltenen Schätze, und stieg zu einer geachteten Person empor. Seine Spezialität waren die Fotos von Toten. Im Sarg aufgebahrt, mit Blumen umkränzt, gaben die geliebten Dahingeschiedenen die angestauntesten Motive her. Diese Bilder in schwarzen Rahmen, effektvoll beleuchtet, fehlten bald in keinem anständigen Haushalt von Nowo Korsaki mehr.

Aber auch Babajews sonstige Produktionen zeugten von hoher Begabung. Seine Fotos von der Kirche, seine

Landschaftsaufnahmen, seine Reportagen über Hochzeiten oder Parteifeiern bereicherten das Kulturleben von Nowo Korsaki. Außerdem verkaufte er natürlich Fotoapparate, veranstaltete Fotokurse, entwickelte und vergrößerte Amateuraufnahmen und hielt Lichtbildervorträge. Man durfte es mit Fug und Recht aussprechen: Nikita Romanowitsch Babajew prägte maßgeblich das Gesicht von Nowo Korsaki mit.

Das alles zu wissen, ist ungemein wichtig. Denn wer kennt schon das Leben dort am unteren Tobol, in den Wäldern bei den ›Sechs Jungfrauen‹, in denen man noch wildlebende Luchse und Nerze antreffen kann, wo in den Sumpfgebieten die Biber ihre Dämme bauen und im Winter das Heulen von Wolfsrudeln das ganze, im Eis erstarrte Land erschauern läßt?

So etwas prägt die Menschen, macht sie hart und läßt sie anständig bleiben. Es zwingt sie, eine große, eng verbundene Gemeinschaft zu werden, in der Sorgen und Freuden geteilt werden. Kleine menschliche Schwächen sind natürlich gang und gäbe. Aber dafür war in Nowo Korsaki Akif Victorowitsch zuständig, der jeden Sünder in die Kirche holte, vor der Ikonostase beten ließ und ihn – je nach Verfehlung – in einem kahlen Seitenraum, in dem nur ein Foto von Babajew hing, eine Höllen-Ikone aus der Sankt-Isaak-Kathedrale in Leningrad darstellend, entweder ohrfeigte und ihm mehrmals in den Hintern trat, oder ihn zur Kasse bat zum Zwecke des Ausbaus der Kirche. Es gab daher wenige Sünder in Nowo Korsaki, und auch nur deshalb duldete der Parteisekretär Pjotr Dementijewitsch Kasutin die Kirche in seinem Bezirk. Er betrachtete sie ökonomisch als eine Art Filter.

An einem schönen Frühsommertag, für den jeder Mensch, der ein bißchen Gefühl besitzt, Gott zu danken bereit war, begann nun das Drama, das Nowo Korsaki mehr durchschüttelte als ein Erdbeben mittlerer Stärke.

Es begann ganz harmlos: Victor Semjonowitsch Jankowski gab bei dem Fotografen Babajew einen Rollfilm ab, zwölf Aufnahmen 6 x 6.

»Es wäre mir lieb, Genosse«, sagte Jankowski dabei, »wenn Sie die Bilder auf 18 x 18 vergrößern könnten. Das ist doch möglich?«

»Wenn Sie es wünschen, mache ich ein Plakat, so groß wie eine Hauswand, daraus«, antwortete Babajew ahnungslos. »Wann brauchen Sie die Bilder, Genosse?«

»Möglichst schnell.«

»Sagen wir übermorgen?«

»Gut.«

»Matt oder glänzend?«

»Hochglanz, bitte.«

Babajew notierte sich den Namen, steckte den Film in eine braune Tüte und vermerkte auf ihr den Kundenwunsch. Jankowski kaufte auch noch einen neuen Film, sechs Blitzwürfel und verließ dann den Laden, wobei die Glöckchen oben an der Tür fröhlich klingelten.

Victor Semjonowitsch Jankowski war vor neun Wochen in Nowo Korsaki aufgetaucht und hatte sofort Aufsehen erregt. Er war jung, hellblond, groß, sportlich muskulös, hatte blitzende blaue Augen, immer ein Lächeln auf den Lippen und kam aus Leningrad. Er war mit einem hochbeinigen, mit Geräten vollbepackten Geländewagen in das Städtchen gekommen, hatte sich bei Kasutin gemeldet und ein sehr interessantes Papier vorgelegt. Demnach hatte er den Auftrag, in der Umgebung von Nowo Korsaki geologische Untersuchungen vorzunehmen, Probebohrungen und Vermessungen, und das Ministerium bat darum, ihm alle Unterstützung zuteil werden zu lassen.

Kasutin sagte ihm alles zu, quartierte Jankowski in einem alten Haus ein, das dem schwerhörigen Dachdecker Fessenko gehörte, einem zweiundachtzigjährigen Greis, der meistens in einem Lehnstuhl saß und seit vierzehn Jahren in einem bebilderten Buch las, das die Eroberung von Odessa durch die Rote Armee schilderte. Jankowski war viel unterwegs, meistens bei den ›Sechs Jungfrauen‹ und in den Wäldern, blieb auch manchmal ein paar Tage und Nächte draußen in der Wildnis, schlief in einem gefütterten Schlafsack und schoß sich seine Braten nach Wahl aus dem reichlichen Wildbestand heraus. Was er eigentlich tat, überblickte niemand, auch nicht Kasutin.

»Er ist Geologe«, sagte Kasutin zu den Neugierigen, die ihn bedrängten. »Er hat ein Schreiben vom Ministerium bei sich. Das genügt doch, Genossen? Sind wir berechtigt oder gar in der Lage, ein Schreiben des Ministeriums zu überprüfen? Ich bitte euch, meine Lieben! Das Dokument trägt drei Unterschriften und vier Stempel!«

So etwas imponiert jedem Russen. Ein Brief mit drei Unterschriften erzeugt Ehrfurcht. Dazu noch vier Stempel – Genossen, haltet den Mund! Victor Semjonowitsch ist in einer wichtigen Mission hier. Wenn er nicht von selbst darüber spricht – Ruhe bewahren, er wird seine Gründe haben. Man hört so wundersame Dinge, was alles unter dem Boden Sibiriens verborgen liegen soll. Wir dummen Alltagsmenschen sehen ja nur die Oberfläche.

Jankowski war in Nowo Korsaki bald ein beliebter Gast. Er konnte spannend erzählen, hatte gepflegte Manieren, starrte den Frauen der Gastgeber nicht sofort auf die Brüste, erzählte keine schweinischen Witze, spielte sehr gut Schach und war überhaupt ein betont höflicher, zurückhaltender Mensch. Seine männliche Attraktivität löste zuerst Alarm bei vielen Ehemännern und den Vätern erwachsener Töchter aus, aber als sich herausstellte, daß der verführerische Victor Semjonowitsch keinerlei Katermanieren an den Tag legte, betrachtete man ihn als einen Glücksfall von Gast. Auch der Pope lud ihn mehrmals zum Essen ein, das heißt vielmehr, Akif Victorowitsch Mamedow berichtete bei diesen Gelegenheiten jeweils so herzerweichend von der Lage der Priester im einsamen Sibirien, daß Jankowski gar nichts anderes übrigblieb, als nicht sich einladen zu lassen, sondern umgekehrt den Popen zu einem opulenten Essen zu bitten. Mamedow erschien mit der Bibel in der Hand, segnete Jankowski, las vor Tisch aus der Heiligen Schrift vor und fraß dann alle Schüsseln leer.

Am begeistertsten von Jankowski aber war der alte Fessenko, der Hausbesitzer, bei dem der junge Mann wohnte: Victor Semjonowitsch brachte ihm nämlich von einer Reise nach Swerdlowsk einen neuen Bildband mit: ›Die Verteidigung von Leningrad gegen die Nazitruppen‹. Damit war Fessenkos Lebensabend ausgefüllt. Der Greis wurde in diesem Jahr ja zweiundachtzig.

Der Fotograf Babajew schloß also an diesem Tag seinen Laden pünktlich um 19.00 Uhr, holte aus dem Holzkasten die Amateurfilme und verschwand in seinem Labor. Obwohl das sein Beruf und damit seine Arbeit war, empfand Babajew immer Freude an den harmlosen Fotos, die seine Kunden knipsten und die er entwickelte und vergrößerte: Mamuschka beim Wäscheaufhängen; Großväterchen beim Holzspalten; eine Teerunde mit breit und dümmlich grinsenden Weibern; ein Hundebastard, der gerade auf Onkelchens Aktentasche schiß; ein junger Mann auf einem Fahrrad; ein halbwüchsiges Mädchen auf einer Schaukel zwischen zwei Birken; alles in allem die kleine, wichtige Welt seiner Mitmenschen, die in den Fotos konserviert wurde.

Gegen 22.00 Uhr hatte Babajew alle Filme entwickelt und gewässert. Sie hingen zum Trocknen an der Leine und sollten kurz danach durch die kleine Kopiermaschine laufen. Auch darin war Babajew fortschrittlich eingerichtet – die normalen Abzüge vertraute er einer Maschine an. Anders verhielt es sich mit den Bildern von Jankowski. Dieser war ein kritischer Kunde, da kam es auf Feinheiten an, da war gute Handarbeit vonnöten. Da mußte man Zwischentöne herausholen, grobe Schatten beim Vergrößern wegwedeln ... es gibt da einige Tricks, die nur Profis, wie Babajew einer war, bekannt sind.

Kurz nach 22.00 Uhr hing Jankowskis Film allein an der Leine. Babajew starrte die Negative an, bereitete dann mit zitternden Händen die Vergrößerung vor, spannte das erste Negativ ein, projizierte es in der Größe 24 x 24 (statt wie gewünscht 18 x 18) auf den Tisch und legte dann das Papier unter. Mit dicken Schweißperlen auf der Stirn belichtete er, trug dann mit der Zange das Papier zum Entwicklungsbad und legte es hinein. Langsam erwachte unter seinen starren Augen das Foto auf dem Papier, nahm Formen an, wurde deutlich, erreichte den richtigen Punkt. Babajew holte das Blatt aus der Brühe, schwenkte es im Fixierbad und hängte es dann mit einer Klammer an die Schnur. Ganz kurz ließ er es abtropfen, nahm die Vergrößerung und rannte hinaus. Er legte es unter eine starke Lampe, warf sich davor in einen alten Korbsessel und wischte sich zunächst den Schweiß aus dem Gesicht. Durch seinen Körper lief ein leichtes Zittern, so, als habe man ihn an einen schwachen elektrischen Strom angeschlossen, der nun mit seinem Blutkreislauf durch alle Adern floß.

»Das ist toll!« sagte Babajew mit trockener Kehle. »Du lieber Himmel, das ist mehr als toll! Ganz ruhig, Nikita Romanowitsch ... laß dich nicht von einem Schlaganfall umwerfen. Behalte die Nerven. Atme tief durch, geh zurück in die Dunkelkammer und vergrößere auch die anderen Fotos. Ganz ruhig ...«

Eine Stunde später hingen die zwölf Vergrößerungen hochglänzend und scharf vor Babajew. Er saß da mit gefalteten Händen, genoß den Anblick und war sich klar darüber, daß er diese Nacht nicht würde schlafen können. Auch ein Fotograf hat eine angreifbare Seele.

Erschüttert entledigte sich Nikita Romanowitsch seines Auftrags, vergrößerte die zwölf Fotos auf das gewünschte Maß von 18 x 18, steckte sie in ein großes Kuvert, schrieb darauf mit Rotstift ›Für den Genossen Jankowski‹ und verschloß die Bilder in der Schublade.

Dann kehrte er zurück zu seinen privaten 24 x 24-Vergrößerungen, lehnte sich im Sessel weit zurück und ließ den Blick über die zwölf Fotos schweifen. Ab und zu trank er einen Schluck Wodka, holte sich eine große Zwiebel, schälte und aß sie und verzehrte dazu auch noch einen Kanten Brot.

»Ungeheuerlich«, sagte er ab und zu. »Eine grandiose, herrliche Schweinerei. Und das in Nowo Korsaki! Eine

Gemeinheit ist die Anonymität. Aber ich bekomme es heraus. Ich bekomme es heraus! Victor Semjonowitsch Jankowski, Sie sind ein beneidenswertes Schweinchen. O Gott, haben Sie es faustdick hinter den Ohren! Ich wette, Sie werden nicht einmal verlegen oder rot, wenn Sie die Bilder von mir abholen. Ha, wie abgebrüht müssen Sie sein!«

Babajew hatte wirklich eine schlechte Nacht.

Mit dem Genossen Parteisekretär Pjotr Dementijewitsch Kasutin konnte jeder sprechen, wenn er zwischen 11.00 und 12.00 Uhr im Parteihaus erschien und etwas wirklich Wichtiges vorzutragen hatte. Waren es aber nur Schwätzereien, und darüber entschied Kasutin allein kraft seines Amtes, trug das eine Strafe wegen Diebstahls an volkseigener, wertvoller Arbeitszeit ein. Wer nicht mit Rubeln bezahlen konnte, mußte Naturalien abliefern, etwa Speck oder Eier, Salzfleisch oder Marmelade, oder er mußte eine Stunde lang unentgeltlich für die Stadtsäuberung tätig sein. Durch solch fortschrittliche Methoden war Kasutin zu einem der am wenigsten belästigten Männer von Nowo Korsaki geworden. Oft konnte er zur Jagd gehen, widmete sich aber auch dem Studium der Parteischriften und glänzte bei Feiertagsreden mit Zitaten von Lenin, Marx, Breschnew und mit herzergreifenden Worten großer russischer Dichter. Der Pope Akif hatte es schwer, sich dagegen zu behaupten; mit frommen Bibelsprüchen war da wenig auszurichten; das klang alles sehr veraltet gegen die markigen Worte von Kasutin, bis Akif sich erinnerte, daß es im fernen Westen einen Priester mit Namen Abraham a Santa Clara gegeben hatte, dem es gelungen war, mit Flüchen und Verwünschungen die Kirchen zu füllen. Akif versuchte das nun auch, nachdem er vorher Gott um Verzeihung gebeten und eine dicke Kerze angezündet hatte.

Erstaunt hörten die Gläubigen eines Sonntags, wie Akif Victorowitsch mit Donnerstimme über ihre Häupter brüllte: »Was muß ich da hören? Da treibt ihr Hurerei und freßt euch die Wänste voll und sauft wie die Kühe im Trockenjahr! Hebt bloß nicht eure Köpfe! Euer sündiger Blick könnte den Himmel aufreißen!«

Nach der Predigt erschien Kasutin durch den Hintereingang in Akifs Wohnung und blickte ihn finster an. »Soll das ein neuer Stil sein?« fragte er ahnungsvoll.

»Ja«, erwiderte Akif.

»Wo soll das hinführen?«

»Zur Wahrheit. Ich werde jedem seine Sünden öffentlich vorhalten.«

»Die werden Ihnen die Kirche stürmen.«

»Ja, aber auf den Knien.«

»Man wird alles dementieren.«

»Das ist eure Stärke. Ich weiß es. Pjotr Dementijewitsch, Sie haben Ihre Lenin-Zitate, ich greife ins volle Menschenleben.«

»Was wissen Sie von mir?« fragte Kasutin, vorsichtiger gestimmt. »Väterchen Akif, man kann in aller Ruhe darüber reden.«

Mamedow war klug genug, nicht zu sagen, daß er gar nichts wußte. Er blinzelte Kasutin nur wie einen Verschwörer an, kniff ein Auge zusammen, lächelte breit, strich über seinen langen Bart und hüstelte impertinent. Kasutin erbleichte leicht, winkte ab und wandte sich zum Gehen.

»Sie können jederzeit wiederkommen«, rief Akif ihm

nach und rätselte seit diesem Gespräch daran herum, welcher unbekannten Gemeinheit Kasutin wohl zu bezichtigen war.

Heute nun meldete Kasutins Sekretärin, die muntere Dunja Sergejewna, daß der Genosse Babajew unbedingt außer der Reihe den Genossen Parteisekretär sprechen müsse. Kasutin blickte betroffen auf die Uhr, sah, daß es kurz nach neun war, und ließ Babajew sofort eintreten. Wie immer am Morgen hatte Kasutin gerade gefrühstückt, las dabei die Zeitung und ließ sich von Dunja Sergejewna bedienen. Sie schmierte ihm ein Brot mit Butter und Honig, schüttete ihm den Tee ein, süßte diesen, goß Sahne dazu und servierte ihm die Herrlichkeiten von hinten, indem sie ihm dabei ihren Busen auf die Schulter legte. Das Frühstücksvergnügen wurde noch verstärkt dadurch, daß Kasutins Frau Vera und die beiden Kinder eine Ferienreise nach Rostow angetreten hatten, also weit genug weg waren, um den Familienvorstand vor Überraschungen sicher sein zu lassen.

»Mein guter Nikita Romanowitsch, du erschreckst mich«, sagte Kasutin, als Babajew ins Zimmer stürmte. »Du lieber Himmel, wie siehst du denn aus, hast du ein Gespenst im Haus?«

Babajew setzte sich ächzend, legte das große Kuvert auf den Tisch und holte ein paarmal tief Luft. Dunkle Schatten umrandeten seine Augen, bleich waren die Lippen, sie zitterten, und die Wangenmuskeln zuckten. Babajew schielte zu Dunja Sergejewna hinüber, die an der Tür stand und wartete. Er hob die Hand, bohrte verzweifelt mit dem Daumen in der Nase und winkte dabei mit dem kleinen Finger. Kasutin verstand endlich.

»Ich rufe dich wieder, Genossin«, sagte er amtlich.

Babajew setzte sich ächzend, legte das große Kuvert auf den Tisch ...

Dunja verließ den Raum. Mit einem Seufzer sackte Babajew in sich zusammen. Er öffnete die Lasche des Kuverts, aber zog den Inhalt nicht heraus.

»Du kennst Victor Semjonowitsch Jankowski?« fragte er rauh.

Kasutin hob die Augenbrauen. »Aber ja!« sagte er. »Wer kennt ihn nicht? Was willst du?«

»Was hältst du von ihm?«

»Er ist kein gewöhnlicher Mann.«

»Das kann man sagen.« Babajew schnaufte durch die Nase. »Und du kennst mich auch ...«

Kasutin wurde vorsichtig. Er betrachtete Babajew genauer und schüttelte den Kopf. »Betrunken siehst du nicht aus.«

»Ich war immer ein ehrlicher Mensch, immer vertrauenswürdig, immer verschwiegen, diskret wie eine weiß getünchte Mauer, ein ehrlicher Freund, ein fleißiger Bürger, ein treuer Kommunist, ein anständiger Christ ...«

»Willst du ein amtliches Führungszeugnis?« fragte Kasutin ungeduldig. »Wer um 9.00 Uhr morgens zu mir kommt ...«

Babajew hob beide Arme, als müsse er einen Geist beschwören, zog dann die Vergrößerungen aus dem Kuvert und legte sie mit den Vorderseiten nach unten auf den Tisch. Kasutin spürte ein Kribbeln unter seinen Haaren. Die große Angst aller Russen, in seiner Umgebung könne sich ein Spion oder sonst etwas Staatsgefährdendes herumtreiben, ergriff auch ihn. Bisher war Nowo Korsaki von solchen Problemen verschont geblieben, mit Ausnahme des Streits, den Kasutin mit der Parteileitung in Magnitogorsk hatte ausfechten müssen, von der ihm vorgeworfen worden war, er dulde noch immer eine Kirche und einen Popen in seiner kleinen Stadt. Das sei eine Schande. Kasutin hatte daraufhin den Ersten und den Zweiten Sekretär der Parteileitung nach Nowo Korsaki zur Jagd eingeladen, damit sie sich selbst ein Bild von der Bevölkerung machen konnten. Auch der Pope, Väterchen Akif, zog mit hinaus in die Wälder. Zwei Trupps wurden gebildet, und irgendwie geschah es, daß sich der Trupp mit den beiden Gästen verirrte und hilflos umherirrte. Der mitgegebene korsakische Bürger Iwan Filippowitsch Putschkin entpuppte sich in dieser Situation als Schwachkopf und Angsthase, der sich auf einen Baumstumpf setzte und resignierte, bittere Tränen weinte und verzweifelt nach dem Popen rief, damit er noch ein letztes Mal beichten könne, bevor die Wölfe ihn zerreißen würden.

Die Gäste aus der Hauptstadt lernten das große Zittern. In der folgenden Nacht, an einem winzigen Feuer, das wegen des nassen Holzes erbärmlich qualmte, hörten sie das Heulen der Mörderrudel, mal näher, mal weiter weg, aber stets um sie herum, und das fuhr ihnen so in die Knochen, daß der Erste Sekretär in dieser Nacht fünfmal hinter einem dicken Baum verschwand, sich hinhockte und seine Angst aus dem Darm drückte.

Und immer wieder heulten die Wölfe. Zuletzt so nahe, daß der halbblöde Iwan Filippowitsch auf die Knie fiel, ein Kirchenlied sang und betete.

»Nun reicht's«, flüsterte damals Kasutin dem Popen Akif zu, der ein Wolfsgeheul so erschreckend nachmachen konnte. »Jetzt werden wir sie retten.«

Väterchen Akif nahm daraufhin sein Gewehr und ballerte los, brüllte und keuchte und brach als Erlöser aus dem Dickicht auf den Rastplatz. Er sah imponierend aus mit seinem eisverkrusteten Pelz und dem gefrorenen Bart.

»Sie sind weg!« schrie er und schwenkte sein Gewehr. »Zwei habe ich erlegt, und die anderen ... hui, fort sind sie! Feige Burschen alle! Man muß ihnen nur mutig gegenübertreten, so wie Sie, Genossen aus Magnitogorsk! Bravo, ihr harten Männer!«

Drei Tage später reisten die Parteifunktionäre wieder ab. Von einer Schließung der Kirche wurde nie wieder gesprochen.

Das war also die einzige Schwierigkeit gewesen, die Kasutin bisher gehabt hatte. Nun saß der Fotograf Babajew vor ihm, um 9 Uhr in der Früh, zitternd und bleich, und legte noch unbekannte Fotos vor, denen etwas Ungeheuerliches anhaften mußte.

»Was ... was hast du da fotografiert?« fragte Kasutin mit vorsichtiger Stimme.

»Ich nichts. Der Genosse Jankowski. Ich habe die Bilder nur entwickelt und vergrößert.«

Jankowski! Meine Ahnung, dachte Kasutin. Mein Gefühl. Meine innere Stimme. Schon als er das erste Mal hier hereinkam, groß, blond, ungehemmt, da wußte ich: Mit dem bekomme ich Schwierigkeiten. Das ist ein Mensch, so kraftvoll, so siegessicher, der spuckt einem ins Gesicht und ruft dazu noch Prost.

Jankowski also. Trotz dreier Unterschriften und vier Stempeln. Welch vollkommene Tarnung! Geologe! Da kommt man mit seinen Instrumenten überall hin, da fällt nichts auf von dem, was man tut. Da kann man zusehen, und der Kerl spioniert.

»Was ist auf den Fotos zu erkennen?« fragte Kasutin gepreßt.

»Ich bitte um strengste Diskretion.« Babajew hob das erste Foto hoch und hielt es Kasutin vor die Augen. »Und bitte Ruhe bewahren.«

Kasutin starrte die Vergrößerung an, beugte sich vor, seine Augäpfel begannen zu vibrieren.

Babajew nickte.

»Das sind Bilder, was?« sagte er gedehnt.

Kasutin nahm den Kopf zurück, wischte sich fahrig über die Augen und zeigte dann auf den flachen Stapel.

»Alle so?« fragte er heiser.

»Ja.«

»Alle mit dem nackten Weib?«

»Alle. Mal von vorn, mal von der Seite, mal von hinten, dann schräg von oben, schräg von unten ...«

»Hör auf, Nikita Romanowitsch!« rief Kasutin. »Das ist ja unglaublich!«

»Überzeuge dich. Ein Foto schlimmer als das andere. Das sind wirklich Gipfelpunkte an Unanständigkeit.«

»Fotos unseres Genossen Jankowski?«

»Das ist es ja, Pjotr Dementijewitsch.«

Babajew breitete die Bilder nun nebeneinander aus. Kasutin liefen die Augen fast über. Da dehnten sich die Schenkel, rundeten sich die Hüften, wölbten sich die Brüste, glänzten die Leiber, schimmerten die Schultern, spannten sich die Rückenmuskeln, lockten die Hinterbacken. – Jankowski war ein Meisterfotograf.

»Dies hier ist offensichtlich eine wunderschöne Frau, und sie muß in Nowo Korsaki wohnen«, erklärte Babajew. »Der Film ist vor kurzem erst abgeknipst worden. Jankowski ist aber nie zusammen mit einer Frau gesehen worden. Es sind also heimliche Aufnahmen, es sind

Fotos einer Frau, von der niemand weiß, daß sie sich nackt von Jankowski knipsen läßt. Das ist es, was mich so unruhig macht. Welche Frau bei uns ist so schön? Welche hat einen solch himmlischen Körper? Welche hat dieses verborgene Verhältnis zu Jankowski? Diese Fragen machen mich ganz krank.«

Kasutin schwieg. Er starrte die Fotos an und verstand die Aufregung Babajews. So vollkommen alle Bilder waren, jedem fehlte eins – der Kopf. Die Schönheit begann am Unterteil des Halses und endete unterhalb der Knie. Von welcher Seite und aus welcher Perspektive diese unanständigen Fotos auch aufgenommen worden waren – der Kopf fehlte. Dieser Superlativ an Schönheit war anonym ... aber es war ein Superlativ, der mitten unter ihnen lebte.

Kasutin räusperte sich, nahm jedes Bild in die Hand, führte es nahe an seine Augen und tastete jeden Millimeter ab.

»Es ist vergeblich«, ließ sich Babajew vernehmen. »Ich habe schon mit der Lupe alles abgesucht.«

»Du bist ein Ferkel, Genosse Babajew!«

»Es geht mir nur um die Aufklärung. Ich will diese Sittenlosigkeit entlarven, will ihr das Wasser abgraben.«

Kasutin ließ die Bilder fallen. Ihr so genauer Anblick erregte ihn mehr, als er zugeben wollte. Außerdem erinnerte ihn die Brustform zu sehr an Dunja Sergejewna. Bei diesem Gedanken erstarrte er plötzlich innerlich und wurde rötlich im Gesicht. Ein Fetzen Erinnerung explodierte in ihm. Wie sagte Jankowski immer, wenn er draußen im Vorzimmer auf Dunja traf? »Ha, da ist ja meine kleine Eichkatze! Dunja, Sie entwickeln sich zu einer permanenten Gefahr: Sie werden täglich hübscher!« Und was tat Dunja dann? Sie kicherte blöd, rollte mit den Augen und wackelte mit dem Hintern.

Kasutin riß ein Bild an sich, das die Unbekannte von hinten zeigte. Die Ähnlichkeit war unverkennbar. Pjotr Dementijewitsch stöhnte nach innen und nagte an der Unterlippe. Es konnte Dunja sein. Diese ausgeprägte Spalte zwischen den Backen. Der durch die Haut sich drückende, schwache Punkt des Steißknochens. Kasutin kannte Dunjas Körper so gut, daß sein Atem um so mehr zu rasseln begann, je länger er die Fotos betrachtete. Ist das möglich, dachte er verbittert. Sie betrügt mich mit diesem Kerl! Während ich Lenin studiere, läßt sie sich von oben und unten, von rechts und links, von hinten und vorn fotografieren. Welche Verworfenheit! Welcher Sittenverfall! Natürlich hat er sie mit seinen blonden Haaren und seinen blauen Augen herumgekriegt, mit seinen großsprecherischen Erzählungen, mit seinem ganzen verfluchten Talent, Frauen zu gefallen. Dunja Sergejewna! Wie schwer einem das Herz dabei wird!

Kasutin warf die Fotos weg und versteckte seine Hände unterm Tisch. Babajew sollte nicht sehen, wie sie zitterten.

»Es wäre am einfachsten, Jankowski selbst zu fragen«, stieß er hervor.

»Um Gottes willen, das ist unmöglich! Ein Fotograf hat so verschwiegen zu sein wie ein Beichtvater. Der Fotograf ist der enge Vertraute des Kunden. Völlig unmöglich, zu fragen: Victor Semjonowitsch, wer ist die schöne Nackte? Er könnte mich ohrfeigen, und ich dürfte ihn noch nicht einmal anzeigen. Du darfst von den Bildern überhaupt nichts wissen!«

Kasutin riß ein Bild an sich, das die Unbekannte von hinten zeigte.

»Und warum zeigst du sie mir dann?« regte sich Kasutin auf. »Warum stiehlst du mir den inneren Frieden?«

Babajew sah Kasutin mit unglücklichen Augen an. »Wir sind Freunde«, sagte er. »Und wir sind Menschen mit eisernen Grundsätzen. In unserer Mitte ist eine himmlisch schöne Frau auf einem schlechten Weg. Nicht auszudenken, was daraus erwachsen kann. Ehetragödien, Mord, Selbstmord, Kinder weinen um ihre Mutter, ein Vater knüpft sich auf wegen der sittenlosen Tochter ... Wir können das alles verhindern, Pjotr Dementijewitsch, wenn wir herausbekommen, wer diese nackte Frau auf den Fotos ist. Man muß sich den Kopf dazu suchen, dann haben wir sie. Man muß Vergleiche anstellen, sich umsehen. Wer könnte einen so schönen Körper haben? Die Auswahl ist ja verschwindend gering. Wer hat schon einen solch vollendeten Leib, solch feste Brüste, solch glatte Schenkel, diese hintere Rundung?«

»Ja, wer hat so etwas?« Kasutin dachte wieder an Dunja Sergejewna und an die Möglichkeit, daß sie mit Jankowski heimlich verbotene Freuden genoß. Im Haus des alten Fessenko war das möglich. Der Alte war schwerhörig, und wenn Dunja oben in Jankowskis Wohnung keuchte und stöhnte, hörte Fessenko das nie und nimmer, vor allem nicht, wenn er in seinem Kriegsbuch schmökerte. Jetzt verstand Kasutin auch, warum Jankowski dem Alten den Bildband von Leningrad mitgebracht hatte.

Er knirschte mit den Zähnen, ballte zornig die Fäuste unterm Tisch und begann vor Wut zu schwitzen.

»Wie stellst du dir das vor?« fragte er Babajew mit rauher Stimme. »Ich kann doch nicht jedes weibliche Wesen ins Parteihaus bestellen und befehlen: Genossin, ziehen Sie sich bitte aus, ich muß Sie von Amts wegen betrachten. – Es würde Männer geben, die diesen Erlaß vorher sehen wollten.«

»Man könnte es anders machen«, sagte Babajew nachdenklich. »Das Gesundheitsgesetz enthält die Vorschrift der Vorsorgeuntersuchung. Wenn du morgen bekanntgibst, daß im Gebiet des unteren Tobol einige Cholera-Fälle auftreten und sich deshalb sämtliche Frauen vorsorglich untersuchen lassen müssen, hast du sie alle hier. Das wäre am unauffälligsten.«

»Das geht nur, wenn Dr. Lallikow mitmacht.« Kasutin starrte Babajew trübsinnig an. Das Mißtrauen gegen Dunja Sergejewna zerfraß ihn. Er nahm noch einmal die Bilder, fächerte sie durch und blieb an dem Foto mit den Schenkeln hängen. Wie ein Blitz schlug es bei ihm ein, diese Haltung kannte er. So saß seine Vera manchmal da, wenn sie aus dem Bad stieg und sich vor dem Spiegel kämmte. Genau so! Ihre Hockerhaltung. Seine Frau Vera. Prachtvolle Schenkel, glatt und wohlgeformt, nach dem Bad schimmernd und nach Rosenseife duftend.

Vera! Die Mutter seiner beiden Kinder. Wie oft war Jankowski schon zu Gast gewesen? Kaum zu zählen! Und jedesmal hatte sich Vera wie ein junges Mädchen benommen, hatte besonders gut gekocht und war herumgehüpft wie ein Fohlen. Völlig verändert war sie jedesmal gewesen, wenn Jankowski sich angemeldet hatte. Ja, genau so war es. Kasutin fiel es wie Schuppen von den Augen. Und die Fotos stimmten dazu. Das waren nicht Bilder der Schenkel eines jungen Mädchens, sondern Bilder einer gesunden, kräftigen Frau von 39 Jahren. Vera Konstantinowna Kasutina! Gott, halt mich fest, daß ich nicht mein Gewehr aus dem Schrank reiße und zu Jankowski renne! Ich weiß ja gar nichts, ich darf die Fotos ja gar nicht gesehen haben. Es muß alles in der Stille erledigt werden. Bisher war Nowo Korsaki eine Stadt ohne Skandale gewesen ...

»Natürlich müssen wir Dr. Lallikow einweihen«, sagte Babajew eindringlich. »Die Reihenuntersuchung kann nur er vornehmen. Dann wird es ganz einfach sein. Ich stehe hinter einer Wand, gucke durch ein Loch und habe dabei die Bilder in der Hand. Mein fotografisches Auge sieht sofort, wenn das Modell Jankowskis sich vor Dr. Lallikow dreht. Ich gebe dir dann ein Zeichen.«

»Es wird unmöglich sein.« Kasutin schüttelte den Kopf. »Dr. Lallikow wird nie zulassen, daß du dir alle Frauen von Nowo Korsaki nackt betrachtest. Welch ein Gedanke!«

»Aber Dr. Lallikow darf das schon?«

»Dafür hat er Medizin studiert. Ärzte im Amt sind geschlechtslose Wesen. Ein wirklich schwerer Beruf.« Kasutin blickte aus dem Fenster. Draußen fuhr der dicke Baubeauftragte Zwetkow vorbei; er war der einzige, der einen großen Wolga-Wagen besaß. Seine Frau, Antonina Pawlowna, saß neben ihm. Sie war bekannt für ihre Schönheit, nur schminkte sie sich zu stark. Beim Fest der Komsomolzen hatte sie den ganzen Abend mit dem Geologen Jankowski getanzt. Der gutmütige Zwetkow hatte sich darüber gefreut, er war fürs Tanzen zu dick geworden.

Kasutin erstarrte, blickte wieder auf die unanständigen Fotos und wurde von Zweifeln zerrissen. Dunja, Vera oder vielleicht Antonina Zwetkowa? Babajew hatte recht: Hier mußte eine Klärung erfolgen. Es war mörderisch, mit dieser Ungewißheit zu leben. Die nackte Schöne mußte einen Kopf bekommen und damit eine Identität.

Kasutin griff zum Telefon und rief Dr. Lallikow an. »Ich brauche Sie dringend, Simon Michailowitsch«, sagte er heiser. »Mir zerspringt sonst der Kopf.«

Dr. Lallikow kam sofort. Er war ein kleiner, fetter Mensch und trug eine Brille, deren Gläser so dick und geschliffen waren, daß jedem, der nur die Brille ansah, sofort die Augen tränten. Er war kurzatmig, was er aber nicht seiner Fettleibigkeit zuschrieb, sondern einem rein psychischen Leiden, erzeugt von seinen teuflischen Patienten, die ihm die Lunge einengten und das Herz abdrückten, wie er behauptete.

Von der Ausbildung her war Lallikow nämlich Chirurg und hatte Jahre davon geträumt, Chefarzt einer großen Klinik zu werden. Aber dann war ihm der Hodenbruch des Vorsitzenden des Eisenkombinats ›Ehre des Ural‹ in Swerdlowsk dazwischengekommen. Boris Nikolajewitsch Werschokin, so hatte der einflußreiche Mann geheißen, hatte sich mit seinem lästigen Bruch in die Hände von Dr. Lallikow begeben, in der berechtigten Hoffnung, nach wenigen Tagen wieder herumspringen zu können wie ein Böcklein. Lallikow hatte fantastisch operiert, weggeschnitten, ausgeräumt, geradezu künstlerisch genäht, aber als der Genosse Werschokin frohgemut wieder ins häusliche Reich zurückgekehrt war und seine liebebedürftige Frau Praskuja ihren Erwartungen handgreiflichen Ausdruck verliehen hatte, war ihr ein Entsetzensschrei entfahren, während Boris Nikolajewitsch in einen erstarrenden Schock gefallen war.

Dr. Lallikow kam sofort.

Die Sache war nicht mehr reparabel gewesen: Dr. Lallikow hatte den Vorsitzenden Werschokin in höchster künstlerischer Vollendung entmannt. Natürlich war der Skandal unterdrückt worden und hatte man Werschokin daran hindern können, Lallikow die Hirnschale einzuschlagen, aber mit der großen Karriere des Chirurgen Lallikow war es ein für allemal vorbei. Dr. Lallikow hatte in der Klinik die Obduktion der Gestorbenen, deren Todesursachen nachgegangen wurde, übernehmen müssen. Er hatte sich vor Kummer dann in drei Jahren seinen ungeheuren Bauch angefressen und schließlich entnervt aufgegeben. Er war nach Nowo Korsaki gezogen, wo man eine Arztstelle ausgeschrieben hatte. In seiner Praxis dort raunzte er die Patienten an und wurde vor Gram immer dicker und kurzatmiger.

»Wenn man bedenkt«, sagte er manchmal, »daß ich dazu ausersehen war, ganze Organe zu verpflanzen und die Chirurgie zu revolutionieren, nun aber hier in den Wäldern herumsitze und festsitzende Fürze lockern muß, dann fällt das Elend der ganzen Menschheit auf mich hernieder.«

Daß er nach Kasutins Anruf sofort kommen konnte, verdankte er seiner Art, mit den Patienten umzuspringen. Mit dem Parteisekretär verband ihn die Liebe zum Schachspiel, das die einzige Abwechslung war, die sich Dr. Lallikow gönnte, es sei denn, man rechnete zu seinen Liebhabereien noch das wöchentliche Klistier hinzu, das er dem Popen Väterchen Akif verabreichen mußte.

»So weit geht Gottes Güte nicht, daß er sich auch noch um den lahmen Darm seines Popen kümmert!« rief Dr. Lallikow jede Woche einmal mit unterdrückter Freude in der Stimme, wenn Väterchen Akif mit verkniffenem Gesicht auf dem Bauch lag und seinen nackten Hintern ihm entgegenstreckte. »Väterchen, tief Luft holen. Jetzt gurgeln wir mal kräftig.«

An diesem Morgen nun, nach Kasutins Notruf, riß Dr. Lallikow die Tür zu seinem Wartezimmer auf, überblickte die Schar der wartenden Patienten und brüllte: »Fließt einer weg? Nein! Fällt einer um? Nein! Ihr könnt alle warten, ihr glotzäugigen Simulanten! Ich muß weg zu einem lebensbedrohlichen Fall!«

Da niemand wagte, Dr. Lallikow zu verärgern – schließlich war er der einzige Arzt in Nowo Korsaki, und man wußte nie, ob man ihn nicht bald wirklich dringend brauchen würde –, nickten sie alle, machten traurige Gesichter und blieben geduldig sitzen. Auch das hatte seinen Sinn, denn wenn Lallikow nicht in der Praxis war, gab es immer noch die Sprechstundenhilfe Marfa Felixowna.

Marfa hatte eigentlich Schneiderin gelernt, was Lallikow als beste Eignung dazu ansah, Verbände zu wikkeln und Fäden zu ziehen. Und tatsächlich hatte sich Marfa gut eingearbeitet. Sie schmiß die Praxis zu 80 Prozent allein, bildete sich durch die Lektüre von Fachzeitschriften weiter und stieß dabei auf den Titel ›Medizinische Assistentin‹. Da sie mit Berechtigung annahm, die Arbeit einer solchen bei Dr. Lallikow zu verrichten, verlangte sie ab sofort, daß man sie ›Frau Assistentin‹ titulierte. Die Patienten schwenkten willig um und begrüßten sie ehrfurchtsvoll mit der neuen Bezeichnung, denn kein Mensch fühlt sich armseliger als ein Patient, der voll und ganz der Gnade ärztlicher Behandlung ausgesetzt ist. So kam es, daß man aufatmete, wenn Dr. Lallikow plötzlich die Praxis im Stich lassen mußte und Marfa

Felixowna den Laden übernahm. Erstens ging dann alles schneller, zweitens wurde man nicht beschimpft, drittens hatte Marfa sensible, weiche Hände, von denen man sich gern abtasten ließ, und viertens stimmten ihre Diagnosen fast immer. Sie waren differenzierter als jene von Dr. Lallikow. Wenn Lallikow brüllte: »Du hast Rükkenschmerzen, sagst du? Da haben wir es wieder! Hast gestern am Sonntag wieder gefressen wie ein Bär, und jetzt staut sich alles im Darm! Komm wieder, wenn du den Kübel voll hast!«, dann konnte man von Marfa Felixowna hören: »Das böse Rheuma. Hier hast du eine gute Salbe. Abends kräftig in den Rücken einmassieren.«

Man kann verstehen, daß man Marfa als einen wahren Segen ansah, der aber leider ohne Dr. Lallikow nicht möglich war.

Kasutin und Babajew zuckten zusammen, als Dr. Lallikow in das Parteibüro stürmte und die Sekretärin Dunja Sergejewna mit der Bemerkung ausschaltete: »Halt den Mund, Druckflecke kann man überpudern«

Kasutin zuckte wie unter einem heftigen Schlag zusammen und starrte den Arzt irritiert an. »Was sagen Sie da, Genosse Lallikow?« fragte er mit rostiger Stimme.

»Sie haben nichts gehört«, knurrte Lallikow und setzte sich neben Babajew. »Ich unterliege der ärztlichen Schweigepflicht.«

»Wieso hat Dunja Sergejewna Druckflecken?« fragte Kasutin trotzdem mit einem Beben in der Stimme. »Und wo, bitte, hat sie diese?«

»Warum sollte ich sofort kommen?« wich Lallikow aus.

»Wegen der Schweigepflicht«, warf Babajew dazwischen.

»Die ist eisern.«

»Dem Himmel sei Dank.« Babajew rieb sich die Hände. »Sie können uns eine wertvolle Hilfe sein, Doktor.«

Kasutin winkte mit beiden Händen ab. »Was ist mit Dunja?« bohrte er weiter. »Genosse Lallikow, als Parteisekretär und Arbeitgeber bin ich für das Wohl meiner lieben Bürger verantwortlich. Wieso tauchen bei Dunja Sergejewna Druckflecken auf? Seit wann? Sind sie mechanischen oder animalischen Ursprungs? An welchen Stellen befinden sie sich?«

»Es geht darum«, sagte Babajew und begann auf einmal zu schwitzen, »eine Frau ohne Kopf zu finden.«

»Ha!« Lallikow zuckte von der Stuhllehne. »Ein Mord?« Sein Herz schlug einen Wirbel. Er hatte sich schon immer gewünscht, als medizinischer Sachverständiger in einem Kriminalfall tätig werden zu können, um zu beweisen, wie messerscharf seine Gedanken noch waren. Aber in Nowo Korsaki passierte nichts; die Menschen dort stanken vor Ehrbarkeit. Als einmal, vor vier Jahren, der Überlandfahrer Sergeij die Tochter des Tischlers Njemlenko gewaltsam geschwängert hatte, war der Fall sofort erledigt gewesen, als Sergeij das Mädchen heiratete. Von Drama gar keine Rede. Die Menschen in Sibirien barsten vor Ehrlichkeit. Aber nun das! Eine Frau ohne Kopf! In Nowo Korsaki! Dr. Lallikow bekam einen seiner kurzatmigen Anfälle und mußte sich an der Tischkante festhalten.

»Ein Lustmord?« keuchte er mit hervorquellenden Augen. »Mißbraucht und dann Kopf ab? Hui! Durch den Ort weht ein böser großstädtischer Wind. Wo kann man die Dame besichtigen?«

»Hier.« Babajew legte seine Hände auf die Fotos. »Ich habe sie vergrößert.«

»*Was* haben Sie?« fragte Lallikow atemlos.

»Ich habe zwölf Fotos von ihr. Von oben und unten, von allen Seiten.«

»Toll.«

»Aber der Kopf fehlt.«

»Natürlich.« Dr. Lallikow streckte die Hand aus und wedelte mit den Fingern. »Geben Sie her. Reden Sie nicht so viel, Nikita Romanowitsch. Ist es eine saubere Köpfung? Ich meine: ein glatter Schnitt? Die Fotos her! Behindern Sie nicht die Wahrheitsfindung.«

»Es geht uns darum, Doktor«, sagte Kasutin und zog die Fotos an sich heran, bevor Lallikow sie ergreifen konnte, »ob Sie die Unbekannte identifizieren können. Ob Sie sie auch ohne Kopf erkennen, nur anhand ihres Körpers? Die Brüste, der Bauch, die Schenkel ...«

»Sie ist nackt?« fragte Lallikow und schnaufte schwer.

»Ja, völlig.«

»Einwandfrei ein Sexualdelikt.«

»Man kann es wohl so nennen«, sagte Babajew. »Auf jeden Fall ist das für unsere Stadt ein riesiger Skandal. Da läßt sich eine Frau nackt fotografieren ...«

»Wenn man keinen Kopf mehr hat, ist das noch verzeihlich.« Lallikow setzte sich wieder. Sein Asthmaanfall war vorüber. »Wo liegt die Frau? Der Körper selbst gibt mehr Aufschluß als die Fotos.«

»Wir haben nur die Bilder.« Kasutin seufzte. »Das ist es ja, Genosse Lallikow, wir haben nur die Fotos ohne Kopf und wollen nun wissen, wer es ist. In Ihrer Praxis sind doch schon alle Frauen von Nowo Korsaki gewesen, es könnte deshalb möglich sein, daß Sie anhand besonderer Körpermerkmale zu sagen vermögen: Das ist die Genossin Soundso.«

»Wer hat die Tote fotografiert?«

»Der Geologe Jankowski.«

»Mein Gott!« Dr. Lallikow rang nach Atem. »Das ist doch unmöglich, Victor Semjonowitsch ist doch kein Mörder!«

»Die Fotos zeigen auch eine Lebende«, sagte Babajew laut.

»Ohne Kopf?« brüllte Lallikow. »Seid ihr am Morgen alle schon besoffen?«

»Er hat den Kopf weggelassen. Jedes Bild fängt am Hals an. Das ist ja die Frechheit. Da fotografiert er einen nackten Frauenkörper und läßt den Kopf weg. Eine Infamie! Eine tiefe seelische Belastung für jeden!« Kasutin verschluckte sich vor Erregung, hustete bellend und erholte sich davon nur mühsam. Seine Stimme blieb im halben Diskant hängen. »Man kommt auf Gedanken, Doktor, auf Gedanken kommt man ... es zerreißt einen förmlich. Und man kann Jankowski nicht fragen. Babajew ist als Fotograf ebenso eine Vertrauensperson wie Sie als Arzt eine sind. Aber das nackte Weib kann man nicht übersehen, es ist da, es lebt unter uns, und es posiert nackt vor Jankowskis Linse.« Kasutin röchelte fast. »Sehen Sie sich das an!«

Dr. Lallikow blätterte die Fotos durch, beäugte sie eingehend und putzte ein paarmal seine dicke Brille, weil die Gläser beschlugen. »Hervorragend«, sagte er dabei. »Sehr schön. Überzeugend. Nanana, das ist eine Perspektive! Ha, wie reizend! Das ist mit dem Blick des Liebenden gestaltet. Nein, diese Formen! Nicht ein Fältchen. Nicht ein Fettpölsterchen. Nichts hängt herum.«

Kasutin vergrub den Kopf in beide Hände und starrte den Arzt verzweifelt an.

»Welche Frau in unserer kleinen Stadt hat so einen

Körper?« fragte er dumpf. »Wer könnte es sein? Simon Michailowitsch, ich frage in Ihnen jetzt nicht den Arzt, sondern den Genossen unserer ruhmreichen Kommunistischen Partei. Blicken Sie auf das Bild Lenins, sehen Sie in seine Augen, erkennen Sie in seinem Blick unseren Auftrag: Die Wahrheit zum Wohle des Sozialismus! Sie müssen reden, Dr. Lallikow! Es ist Ihre Pflicht als Parteimitglied. Sie dienen damit der Ruhe von Nowo Korsaki.«

Dr. Lallikow legte die zwölf Fotos wieder nebeneinander und betrachtete sie erneut eingehend. Babajew rauchte mit zitternden Fingern eine Papyrossa, Kasutin schlürfte den kalten Tee vom Frühstück. Wenn er Vera sagt, erschieße ich Jankowski, dachte der Parteisekretär dabei. Wenn er Dunja Sergejewna sagt, erschieße ich beide. Wenn es die vornehme, stolze Zwetkowa ist, besaufe ich mich vor Freude. Das gönne ich dem ekelhaften Zwetkow, der sich an Staatsbauten bereichert.

»Es ist schwer«, sagte Dr. Lallikow langsam und bedächtig. »Einen so vollendeten Frauenkörper habe ich kaum in meiner Praxis gesehen. Allerdings – es gibt einige. Wenige! Seltenheiten!«

»Namen!« sagte Kasutin heiser. »Bitte, Namen, lieber Genosse ...«

»Das ist gefährlich.«

»Könnte es auch meine Frau Vera sein?«

»Nein. Völlig ausgeschlossen. Ihre Brüste hängen etwas durch.«

»Das stimmt«, sagte Kasutin noch heiserer. »Zwei Kinder, Genosse ...«

»Eben.« Lallikow klopfte mit den Knöcheln auf die Fotos. »Das hier ist ein jungfräulicher Busen. Knackig wie eine Melone. Auch am Leib sieht man's. Der hat noch nicht geboren. Das ist ungepflügte Natur.«

»Namen«, sagte Kasutin wieder. »Bitte ...«

»Nur Hypothesen.«

»Natürlich. Sie sollen doch nur Anhaltspunkte sein.«

»Es könnte sich aber auch um Galina Iwanowna handeln.«

»Nein!« Babajew war emporgezuckt. »Die Kleine aus dem Magazin? Dieses freundliche Wesen, das mir immer ein Stückchen Käse mehr gibt, weil ich ihr Schreibpapier besorge?«

»Oder auch Alla Filippowna.«

»Das wäre möglich.« Kasutin strich sich über die Nase. »Die Witwe Sitkina ist ein kleines Teufelchen. Seit sie von dem alten Sitkin befreit wurde, sollen die Kerle um ihr Haus streichen wie die Kater. Die Witwe Sitkina – das wäre vielleicht die Lösung.«

»Aber sie hat unter der linken Brust einen Leberfleck – wo ist der?« Dr. Lallikow betrachtete ein Foto genau. »Nichts zu sehen. Ohne Leberfleck kann ich Alla Filippowna nicht identifizieren. Ha, ist das schwer! Wenn ich genau hinschaue, es könnte auch Rimma Ifanowna sein.«

»Die Korbflechterin?« Babajew schüttelte den Kopf. »Wir wissen, daß sie leicht verblödet ist. Fiel als Kind aus dem Fenster, und seitdem ist nichts mehr mit ihr los. Korbflechten hat sie noch gelernt. Völlig unmöglich, daß Jankowski, ein Ästhet, wie man sieht, sich Rimma Ifanowna genähert hat.«

»Ihr Körper ist zauberhaft und makellos«, sagte Dr. Lallikow. »Sie ist das hübscheste Mädchen von Nowo Korsaki. Warum soll Victor Semjonowitsch sich bei geistigen Werten aufhalten, wenn er unvergleichliche körperliche bekommen kann? Warum also nicht Rimma Ifanowna?«

»Und wie ist es mit Dunja Sergejewna?« fragte Kasutin gewollt leichthin.

Dr. Lallikow beäugte die Fotos wieder.

»Warum nicht?« sagte er nach einer qualvoll langen Betrachtung. »Die Schenkelchen könnten stimmen. Auch der Hintern.«

Sag ich's doch, dachte Kasutin. Meine Ahnung. Mein Gefühl. Dunja und Jankowski. Es ist ihr Hintern. Dafür kenne ich ihn viel zu gut. Besser jedenfalls als Dr. Lallikow, der wieder die Stirn runzelt. Halten Sie ein, Genosse, es ist Dunja Sergejewna. Eine so süße Gesäßfalte hat nur sie. Ich armer Mensch! Ich Geschlagener!

»Aber es könnte auch Antonina Pawlowna sein«, sagte Lallikow.

Babajew stieß laut die Luft aus. »Die Frau des Genossen Zwetkow?«

»Sehr attraktiv. Auch sie noch kinderlos. Aber das liegt an Zwetkow. Rassul Alexejewitsch ist zu dick. Ersparen Sie mir Details, Genossen. Aber Antonina Pawlownas Körper könnte es auch sein. Ein Leib wie aus Marmor.« Dr. Lallikow putzte sich die Nase und rieb wieder seine Brillengläser. »Das ist wirklich eine schwere Aufgabe, meine Lieben. Ein Göttinnenleib – und dann kein Kopf! Da ist auch ein Arzt überfordert. Wir sehen die Patientinnen meist in einer besseren Verfassung.«

»Aber im Prinzip!« keuchte Kasutin. »Im Prinzip, Genosse!«

»Im Prinzip könnte es auch Stella Gawrilowna sein.«

»Ich passe«, sagte Babajew erschüttert. »Wieso hat unsere Friedhofsgärtnerin eine solch herrliche Figur?«

»Da muß man den lieben Gott fragen.« Dr. Lallikow tippte auf zwei Fotos. »Das hier sieht ganz nach Stella Gawrilowna aus. Diese Hüften! Ich möchte sagen: fast unverkennbar. Und der Schwung des Leibes – ich weiß noch genau, wie mir durch Zufall ein Tablettenröhrchen von ihrem Nabel bis zwischen ihre Schenkel gerollt ist. Gelacht hat sie da, gelacht!«

»Das glaube ich auch.« Kasutin nagte an der Unterlippe. »Wie viele haben wir jetzt?«

»Genug, um zu verzweifeln«, sagte Babajew. »Es ist unmöglich, daß Jankowski mit allen so intim war, daß ...«

»Warum nicht?« Dr. Lallikow hüstelte, was die Spannung noch hob. »Jankowski ist ein strammer Bursche. Zweiunddreißig Jahre alt. Ein Baum im besten Saft. Und wie lange weilt er schon in Nowo Korsaki? Na – bestimmt schon neun Monate. Liebe Genossen, was kann ein Mann wie Jankowski in neun Monaten alles leisten? Wir müssen alles in Betracht ziehen. Alles und alle. Diese Fotos beweisen: Jankowski ist ein hervorragender Kenner der Schönheit. Und die Frau, die er verewigt hat, ist es wert. Als Arzt habe ich genug Vergleichsmöglichkeiten, um zu urteilen: Das hier ist ein einmaliger Körper.«

»Und das in unserer Stadt!«

»Ja! Das sollte uns stolz machen!«

»Eine Venus ohne Kopf!«

»Den setzen wir ihr auf!« Dr. Lallikow wurde nun auch von einer Art Jagdfieber befallen. Er sah das ganze Problem sportlich: Eine Schnitzeljagd mit noch unbekanntem Ziel, die Entdeckung von Neuland; die Vollendung eines Puzzles. Die Aufgabe mußte zu lösen sein. »Zählen wir zusammen, was wir haben. Genosse Kasutin, schreiben Sie mit. Es kommen in Frage: Antonina Pawlowna Zwetkowa – Alla Filippowna Sitkina – Galina Iwanowna – Rimma Ifanowna – Stella Gawrilowna.«

»Und Dunja Sergejewna?« fragte Kasutin heiser.

»Auch. Muß ebenfalls auf die Liste.«

»Muß auf die Liste.« Kasutins Hand bebte, als er den Namen hinschrieb. Von seinem Nacken rann Schweiß in das Hemd. »Und wie geht es jetzt weiter?«

»Wir fangen da an, wo es meistens endet: beim Friedhof.« Dr. Lallikow rieb sich die Hände. »Stella Gawrilowna arbeitet eng mit dem Popen zusammen. Es kann sein, daß Mamedow zufällig gesehen hat, daß Jankowski mit Stella über Gebühr lang gesprochen hat. Vielleicht hat er sie sogar im Gärtnerhaus besucht? Wir werden Väterchen Akif befragen.«

»Das bedeutet, daß wir den Popen einweihen müssen«, sagte Kasutin sauer.

»Er wird glücklich sein, Sünden in seiner Gemeinde zu entdecken. Außerdem bleiben wir unter uns: Ein Arzt, ein Priester, ein Fotograf und ein Parteisekretär sind die Vertrauten der Bürger. Wir sind die Klagemauer. Wir schlucken alles. Es wäre unfair, den Popen auszuschließen.«

»Er wird am wenigsten Auskunft darüber geben können«, sagte Kasutin abweisend, »wer die nackte Frau auf den Fotos ist.«

»Auch da hat man sich schon getäuscht.« Dr. Lallikow grinste. »Man soll keinen Menschen unterschätzen.«

Wer die Kirche betrat, ganz gleich, welche Stellung er im Leben einnahm und wie er hieß, kehrte Ehrfurcht heraus spätestens in dem Augenblick, in dem er Akif

Victorowitsch Mamedow bemerkte. Wenn der Pope um die Ikonostase herumkam, im wallenden Gewand, mit abstehendem weißen Bart, mit dichten Brauen, feurigen Augen und einer Stimme, die eine Ahnung von den Auferstehungsfanfaren vermittelte, dann schlug jeder das Kreuz und kam in jene Stimmung, die Lenin mit einem Opiumrausch verglich.

Akif Victorowitsch, der an diesem Vormittag hinter der Ikonostase auf einem Schemel saß und zwei vergoldete Messingkreuze polierte, hörte mit Verwunderung die Kirchentür knarren. Er überlegte, wer wohl jetzt so von Sünde geplagt sein könnte, daß er priesterlichen Beistand nötig hatte, und legte den Putzlappen weg. Die Kirche von Nowo Korsaki war arm, sie konnte sich keinen Kirchendiener leisten, alles mußte Mamedow selbst machen, und wenn nicht einige alte Frauen freiwillig und für das Versprechen, in den Himmel zu kommen, den Boden aufgewischt, Staub weggewedelt und die Fenster poliert hätten, wären an Väterchen Akif auch diese Tätigkeiten noch hängengeblieben. Es war schon mühsam gewesen, für die Gottesdienste einen Vorsänger zu finden, denn die Alten waren nicht mehr kräftig bei Stimme, und unter den Jungen hetzte die Partei gegen den Popen und sagte ihnen, wer in die Kirche ginge oder sich sogar zum Vorsänger hergäbe, verrate den großen Vater Lenin und sei nicht würdig, in der Volksgemeinschaft ernst genommen zu werden.

Väterchen Akif mußte deshalb mit etwas vorliebnehmen, das einmalig im orthodoxen Gottesdienst ist: Er ließ die Jungfrau Stella Gawrilowna vorsingen. Ganz richtig – die Friedhofsgärtnerin von Nowo Korsaki. Kasutin nannte das einen ganz üblen Dreh, aber mit Stella war

Akif Victorowitsch, der an diesem Vormittag hinter der Ikonostase auf einem Schemel saß und zwei vergoldete Messingkreuze polierte …

nicht zu reden. »Ich singe gern«, gab sie bei fünf Vorladungen vor dem Parteiausschuß zu Protokoll. »Wo steht bei Lenin, daß ein Russe nicht singen darf?«

»Aber in der Kirche!« brüllte Kasutin.

»Ich singe auch bei den Komsomolzen und zur 1.-Mai-Feier und zur Oktoberrevolution, wenn man mich darum bittet«, antwortete Stella Gawrilowna. »Ich stehe mit meiner Stimme jedem zur Verfügung.«

Natürlich hatte Kasutin sie daraufhin nie gebeten. Um so stärker brodelte in ihm nun der Triumph, dem Popen klarzumachen, daß Stella anscheinend auch noch anderswie jedem zur Verfügung stand, wenn man sie darum bat. Für Kasutin bedeutete diese Stunde eine gewonnene Schlacht gegen die Reaktionäre.

Akif warf den Putzlappen weg, ordnete sein Priestergewand, kämmte mit gespreizten Fingern seinen Bart, klemmte das größte der geputzten Kreuze unter den Arm und betrat mit großer Würde den Kirchenraum. Er erschrak aber doch, als er Kasutin, Babajew und Dr. Lallikow aufgereiht nebeneinander stehen sah, als wollten sie einen Kanon singen.

»Die Dreieinigkeit des Satans«, sagte Väterchen Akif dröhnend. Er hob das Kreuz, machte das Segenszeichen und blieb vor der Ikonostase stehen. »Was bringt ihr Verdammtes, meine Söhne?«

»Wir kommen privat«, sagte Kasutin mit breitem Lächeln, das Akif hätte warnen müssen. Wenn Kasutin in der Kirche lächelte, mußten die Pforten des Paradieses eingestürzt sein.

»Es ist sehr wichtig«, ließ sich auch Babajew vernehmen. Mit Babajew hatte Väterchen Akif weniger Probleme – er fotografierte mit Könnerschaft kirchliche Feiern an Ostern und Weihnachten. Ein großes Foto von ihm, das Mamedow in vollem Ornat beim Osteropfer zeigte, hing in der Wohnung des Popen gleich neben der schönen Ecke mit dem ewigen Licht.

»Wir brauchen Ihren wertvollen Rat«, schloß Dr. Lallikow den rätselhaften Aufzug ab.

Akif Victorowitsch geriet in einen vakuumähnlichen Zustand. Mit Dr. Lallikow verband ihn keine direkte Freundschaft, dazu war der Arzt ein zu guter Kommunist und Parteigenosse, aber der Pope rechnete es Lallikow immer hoch an, wenn dieser am Bett eines armen Kranken sagte: »Hier kann kein Pülverchen mehr helfen, nur noch Gott.« Die besorgte Verwandtschaft schickte dann selbstverständlich sofort nach dem Popen, und Akif gelang es stets, Lallikows Patienten würdig und mit gereinigter Seele sterben zu lassen. Dieses Hand-in-Hand-Arbeiten erzeugte eine große gegenseitige Achtung. Wenn also Dr. Lallikow nun in der Kirche erschien und um Rat bat, mußte es sich um eine gewaltige Verfehlung handeln.

Väterchen Akif stellte das Kreuz behutsam auf einen Tisch, winkte mit der Hand und sagte: »Kommt mit. Wir können dabei auch einen Erdbeerwein trinken.«

Das kam fast einer Drohung nahe. Jeder wußte, daß der Pope selbst einen Erdbeerwein kelterte, der von duchschlagender Wirkung war und einer Rizinuskur in nichts nachstand. Nur bei Akif selbst versagte der Wein, was zu den wöchentlichen Klistieren führte, die Dr. Lallikow stets mit Bibelsprüchen begleitete. Akif war gegen soviel Bibelwissen machtlos.

Im Wohnzimmer setzte man sich um einen runden Tisch. Akif holte Gläser und eine dunkelgrüne Literflasche mit seinem höllischen Wein. Man wartete höflich, bis er eingegossen hatte, dann legte Babajew seine Vergrößerungen auf den Tisch, zunächst wieder mit den Vorderseiten nach unten. Der Pope zog das Kinn an, sein weißer Bart sträubte sich heftig, die Augen blickten mit fordernder Schärfe.

»Ich höre«, sagte er laut, als niemand sprach.

»Machen wir es kurz«, erklärte Kasutin mit heller Stimme. Er zitterte seinem Triumph entgegen. »Er muß ja schweigen.«

»Eine gemeinsame Beichte?« Akif atmete tief ein. »Haben sich die politischen Verhältnisse plötzlich geändert?«

»Hier!« Kasutin ergriff die Bilder, drehte sie um und warf sie vor dem Popen wieder auf den Tisch. Schultern, Busen, Hüften, Schenkel, Hinterbacken.

Dr. Lallikow sah Kasutin vorwurfsvoll an.

»Sie Rohling«, sagte er anklagend. »Väterchen könnte einen Schock bekommen.«

Akif Victorowitsch warf einen langen Blick auf die Fotos und sagte dann ruhig: »Ein Weib.«

»Er erkennt es.« Kasutin lächelte breit. »Das enthebt uns weiterer Erklärungen. Was ist Ihre Meinung, Genosse Mamedow?«

Väterchen Akif, dem das ›Genosse Mamedow‹ von jeher wie ein Stein im Magen lag, schob die Fotos zusammen, als sei für ihn die Sache beendet. »Ein schönes Weib«, ergänzte er und griff zu seinem Glas. »Ihr niedrig denkenden Individuen: Jede Schönheit ist Gottes Werk. Ob eine Rose blüht, eine Birke sich schlank im Wind wiegt oder ein Sonnenstrahl auf eines Mädchens Busen fällt ... Gott lächelt immer.«

»Damit können wir gehen«, sagte Dr. Lallikow nüch-

Väterchen Akif zuckte zusammen, stellte sein Glas, ohne getrunken zu haben, hin und brüllte erbost.

tern. »Mehr ist nicht zu erwarten in diesen geweihten Räumen.«

»Wir haben gedacht, Sie kennen diese Frau«, ließ sich Babajew vernehmen.

Väterchen Akif zuckte zusammen, stellte sein Glas, ohne getrunken zu haben, hin und brüllte erbost: »Iiiich?«

»Wir meinen ...«, krächzte Babajew und kroch in sich zusammen.

»Ich? Ihr kommt zu mir, zeigt mir ein nacktes Weib und erwartet von mir die entsprechende Auskunft? O Gott dort oben, was muß ich leiden unter diesen Menschen! Wie tief gesunken sind diese Kreaturen! Hinaus mit euch!«

»Ich will nur einen Namen nennen ...«

»Hinaus!«

»Könnte die Nackte nicht Stella Gawrilowna sein?«

»Nein!« brüllte Väterchen Akif.

»Sind Sie so sicher?«

»Ja!«

Dr. Lallikow schabte über seine Nase, aber es gab kein Zurück mehr. Man war unter sich, wie gesagt, man war die Gemeinschaft der Schweiger.

»Wieso sind Sie so sicher?« fragte er. »Akif Victorowitsch, ich als Arzt würde in diesem Fall nicht so sicher sein.«

»Aber ich!« Akif ließ die mächtige Faust auf die Bilder fallen. Er blickte noch einmal hin und schüttelte dann wieder den Kopf. »Es ist nicht Stella Gawrilowna! Wo sind die Haare?«

»Der Kopf fehlt ja«, sagte Kasutin tadelnd.

»Wer redet denn vom Kopf?«

Babajew seufzte und schloß erschüttert die Augen. Kasutin wurde rot wie eine Mohnblume. Dr. Lallikow faltete die Hände über seinem kugeligen Bauch, als wolle er zu einer Litanei ansetzen. Nur Akif, das strenge Väterchen, war empört und sich der soeben ausgesprochenen Offenbarung nicht bewußt.

»Es stimmt!« sagte Kasutin endlich gepreßt. »Sie ist haarlos. Genosse Dr. Lallikow, warum haben Sie, als Arzt, so etwas nicht sofort gesehen? Müssen wir dazu einen Priester haben?«

»Ich habe auf Formen geachtet, nicht auf Löckchen!« rief Lallikow beleidigt.

»Mäßigen Sie sich« schrie Kasutin erregt. Sein Triumph über Akif fiel in sich zusammen. »Wir stehen vor einer völlig neuen Situation: Die nackte Frau hat sich am Körper rasiert.«

»Pfui!« meinte Babajew voller Abscheu.

»In unserer Stadt rasiert sich eine Frau und läßt sich auch noch so fotografieren. Das schlägt aller Moral ins Gesicht. Das ist einwandfrei westliche Dekadenz. Damit werden die Fotos politisch und gehen die Parteileitung etwas an. Das ist eine sexuale Unterwanderung unserer Ideologie. Das ist Sabotage mit Hilfe des Unterleibes. Ha, das kann man gar nicht nach Magnitogorsk melden. Das muß unter uns ausgestanden werden. Dieses Laster müssen wir ganz allein in aller Stille ausbrennen.« Kasutin holte tief Luft. »Das Weib rasiert sich ... an, an dieser Stelle! Genossen, wir müssen verhindern, daß Nowo Korsaki auf solch widerliche Weise vom Westen verseucht wird. Wir müssen diese Frau unter allen Umständen finden. Dieser haarlose Körper ist eine Kriegserklärung.«

Väterchen Akif grunzte tief, trank mit einem Schluck sein Glas Erdbeerwein aus und starrte dann wieder auf die unanständigen Fotos.

»Also, Stella Gawrilowna scheidet aus«, sagte Dr. Lallikow sachlich. »Akif Victorowitsch verbürgt sich dafür.«

»Seien Sie still!« knirschte Mamedow.

»Wann hatten Sie das letztemal Gelegenheit, sich vom Vorhandensein von Löckchen zu überzeugen?«

»Sie Satan!« Väterchen Akif rollte wild mit den Augen. »Nur Gott allein sieht in eines Menschen Herz!«

»Kennt Stella überhaupt den Geologen Jankowski?«

Akifs Kopf schnellte ruckartig empor. »Was hat Victor Semjonowitsch damit zu tun?«

»Von ihm stammen die Fotos!« erklärte Kasutin voll Freude. »Kennt er Stella?«

»Ja«, nickte Akif. »Er holt bei ihr Blumen zur Ausschmükkung seiner Wohnung.«

»Hahaha«, lachte Babajew. »Was holt er denn für Blümchen? Rittersporn und Fleißiges Lieschen?«

»Auf keinen Fall Männertreu.« Kasutin legte sich voll ins Zeug. »Die Fotos sind neuesten Datums, das wissen wir. Wäre es nicht möglich, daß Stella Gawrilowna sich von heute auf morgen rasiert hat ... speziell wegen der Fotos? Und Sie können es noch gar nicht wissen, Väterchen?«

»Ganz frisch rasiert, nicht ein Flaum ist auf den Bildern zu sehen«, sagte Babajew. »Ich habe mit der Lupe gesucht.«

»Wir wissen alle: Stella Gawrilowna besitzt nicht nur eine gute Stimme, sie hat auch einen herrlichen Körper, gefüllt mit Temperament.« Dr. Lallikow zog die Fotos an sich heran. »Wenn man sich hinzudenkt ... sie hatte, nein, sie hat lange schwarze Haare ... Akif Victorowitsch, wann können wir von Ihnen mit genauer Information rechnen?«

Väterchen Mamedow saß zurückgelehnt in seinem Stuhl und starrte hinauf zur rohen Holzdecke seines

Zimmers. Er machte einen sehr angeschlagenen Eindruck. Sein stolzer Bart hing traurig herab auf die Brust, seine Finger umkrampften die Tischkante. Er hatte den netten Geologen Jankowski sehr gern gehabt. Jankowski konnte plaudern, war klug und welterfahren – zu welterfahren, wie sich jetzt herausstellte. Ein Fetischist glatter Körperlichkeit. Wer hätte das in ihm vermutet? Ein Mensch, der über griechische Philosophie diskutieren konnte und auch über den Zoroaster-Kult Bescheid wußte. Bei Stella Gawrilowna kaufte er nicht nur Blumen – er kümmerte sich auch um die Wurzeln ...

Väterchen Akif redete sich innerlich gut zu. Er zitierte im Geiste die Stelle aus seiner Predigt: ›... und vergib deinen Peinigern, denn Verzeihen öffnet den Himmel.‹ Er sah ein, daß er nie etwas Blödsinnigeres gesagt hatte.

»Nur zum Zwecke der Wahrheitsfindung mache ich noch mit«, sagte er heiser. »Nur, um dem Teufel entgegenzutreten und ihn zu vernichten. Nur deshalb! Es ist meine Pflicht, gegen die Verworfenheit anzutreten.«

»Bravo!« sagte Dr. Lallikow. »Blicken wir auf unsere Liste. Wer steht da noch?«

»Dunja Sergejewna können wir auch streichen«, meinte Kasutin zögernd. »Genossen, bitte keine Fragen, keine scheelen Blicke, kein impertinentes Grinsen, ich schlage sonst um mich. Ich stelle lediglich nüchtern fest: Nach Entdeckung der Rasur scheidet Dunja Sergejewna mit Sicherheit aus.«

»Mit Sicherheit?« fragte Dr. Lallikow und strich den Namen auf der Liste durch.

»Mit Sicherheit, ja!« schrie Kasutin. »Sind Sie nun zufrieden, Sie Ferkel?«

»Die Wahrheitsfindung, Genosse.« Lallikow lächelte

gemein. Seine Brillengläser funkelten. »Aber es bleiben noch genug andere übrig. Da ist die schöne Witwe Sitkina.«

»Ihr könnte man das auch zutrauen«, meinte Babajew. »Man munkelt, sie habe neun Liebhaber. Warum soll nicht Jankowski die Nummer zehn sein? Alla Filippowna ist zu allem fähig.«

»Wen könnte man fragen?« sinnierte Kasutin. »Schließlich fällt plötzliche Haarlosigkeit den anderen auch auf.«

»Das übernehme ich«, sagte Dr. Lallikow.

»Sie?« Väterchen Akif grunzte wohlig. »Wo stehen Sie in der Reihe?«

»Ich bin ihr Arzt!« stieß Lallikow hervor. »Alla Filippowna leidet an einer verschleppten Bronchitis. Sie hüstelt immer. Morgen will sie wieder zu mir kommen. Da informiere ich mich.«

»Diagnostizieren Sie Bronchitis zwischen den Schenkeln?« fragte Akif genußvoll. »0 weh, wenn jemand bei Ihnen etwas an der Speiseröhre hat ...«

»Es bleibt auf der Liste noch Rimma Ifanowna!« schrie Dr. Lallikow mit hochrotem Gesicht. »Sie hat die schönsten roten Haare, die man je gesehen hat!«

»So etwas rasiert man sich nicht ab!« sagte Väterchen Akif dröhnend. »Eine Schande wäre das.«

»Rimma wäre blöd genug, dem zuzustimmen«, erklärte Babajew.

»Aber Jankowski ist nicht so blöd.« Kasutin hob die Schultern. »Indes, weiß man es? Wie reagiert ein Glattkörperfetischist auf ein Büschel roter Haare? Vielleicht wie ein Stier, gerade weil sie rot sind? Solche Perverse sind unberechenbar. Doktor Lallikow, was sagt die Medizin darüber?«

»Mein Fachgebiet ist die Chirurgie«, knurrte Lallikow. »Mit der Psychiatrie bin ich immer vorsichtig. Die Psychiater wissen zuviel und im Grunde genommen gar nichts. – Was ist also mit Rimma?«

»Sie könnte man fragen.« Väterchen Akif strich seinen weißen Bart. »Ein gläubiges Kind ist sie. Ihrem Priester wird sie willig Auskunft geben.«

»Rimma kann Ihnen viel erzählen«, sagte Kasutin.

»Dieses im Geiste ruhende Kind lügt mich nicht an.«

»Ich würde mich überzeugen«, schlug Babajew vor.

»Wer entfernt dieses Schwein Nikita Romanowitsch aus meiner Wohnung?« brüllte Mamedow.

»Der Vorschlag des Genossen Babajew ist nicht so abwegig.« Kasutin nahm im Sitzen Haltung an. »Denken Sie an das Wort Lenins: ›Vertrauen ist gut, Kontrolle ist besser!‹ Akif Victorowitsch, betrachten Sie es als tiefgehende Gewissenserforschung. Es genügt ja ein ganz schneller, keuscher Blick.«

Väterchen Akif schwieg, trank ein zweites Glas Erdbeerwein und schielte auf die Fotos. Er nahm sich vor, mit Jankowski selbst über dessen Interesse an der Friedhofsgärtnerei zu sprechen.

»Die Nächste«, sagte Dr. Lallikow. »Galina Iwanowna. Sie ist verlobt.«

»Da ist es einfach.« Kasutin winkte ab.

»Wieso? Wollen Sie den Bräutigam fragen?«

»Warum nicht?«

»Der Verlobte ist Maxim Ferapontowitsch Lagatin, Gebietsmeister im Mittelgewichtsboxen. Fragen Sie ihn nur, Pjotr Dementijewitsch, Ihr Gesicht kriege ich schon wieder hin. Sie sehen so schon wie ein Affe aus.«

»Sie müssen immer alles komplizieren.« Kasutin lehnte sich zurück und wagte es, einen Schluck von Akifs Erdbeerwein zu trinken. Er schmeckte vorzüglich, süß und süffig, aber das war ja das Teuflische daran. Man trank ahnungslos und hockte dann drei Tage lang auf dem Topf. »Wie kann man bei Galina Iwanowna feststellen, ob Jankowski bei ihr ...?«

»Ich weiß, daß Jankowski alles im Magazin kauft und mit Galina sogar schon im Kino war«, unterbrach Babajew. »Der Film hieß: ›Wenn der Kranich schreit!‹ Eine hundertprozentige Liebesgeschichte.«

»Na also, gibt es mehr Klarheit?« Kasutin lachte zufrieden vor sich hin. »Unsere schöne Galina kann es sein.«

»Und Mittelgewichtsmeister Lagatin nimmt die Enthaarung einfach hin?« gab Väterchen Akif zu bedenken. »Wieso hat Galina keinen verbundenen Kopf? Wieso kein blaues Auge? Überhaupt: Wieso läuft Jankowski noch immer mit einem Gesicht herum?«

»Lagatin und Jankowski sind Freunde«, sagte Dr. Lallikow

»Ein raffiniertes Bürschchen, dieser Victor Semjonowitsch«, lachte Babajew. »Trinkt mit dem Bräutigam seinen Wodka und rasiert dann die Braut.«

»Ein Abgrund«, sagte Väterchen Akif dumpf grollend. »Welch ein Abgrund an Verworfenheit! Ein starkes Herz muß man da haben.«

Er dachte an Stella Gawrilowna, an die Blumenkäufe Jankowskis und die möglichen Auswirkungen. Es war menschlich, Jankowski in die Hölle zu wünschen.

»Bleibt also nur meine Wenigkeit«, stellte Dr. Lallikow fest. »Ich werde Galina Iwanowna untersuchen. Dazu habe ich ein Recht. Lebensmittelgesetz: Jede Verkäuferin, die mit offener Ware in Berührung kommt, muß ein Gesundheitszeugnis vorweisen können, ihre Gesundheit also kontrollieren lassen. Dazu gehört auch eine Untersuchung vom Scheitel bis zur Sohle. Schon wegen des Fußpilzes ...«

»Ich werde Ihren Einsatz nicht vergessen, Genosse Lallikow«, sagte Kasutin feierlich. »Haken wir also Galina ab. Wer bleibt?«

»Ein schwerer Fall: Antonina Pawlowna Zwetkowa. Unser Paradeweib.«

»Sie färbt sich die Haare«, sagte Babajew.

»Auf dem Kopf. Aber der Kopf ist weg und nicht wichtig.«

»Man kann auch Zwetkow nicht danach fragen.«

»Und wenn!« Dr. Lallikow winkte ab. »Er müßte erst nachsehen, auswendig wüßte er es nicht. Und Antonina Pawlowna würde sich sehr wundern und an eine psychische Erkrankung von Rassul Alexejewitsch glauben, wenn dieser plötzlich tiefsitzendes Interesse zeigen würde. Um es vorweg zu sagen: Antonina kann ich nicht untersuchen.«

»Warum nicht?« fragte Väterchen Akif interessiert. »Fällt Ihnen dabei die Brille von der Nase?«

»Die Zwetkowa fährt nach Magnitogorsk. Sie hat dort einen Internisten, einen Gynäkologen, einen Urologen und noch einige Ologen mehr. Die typische Reaktion der Reichen. Der Dorfarzt ist ein Rindvieh ... je größer die Stadt, um so klüger die Mediziner. Bisher war sie nur zweimal bei mir.«

»Aber Sie haben sie nackt gesehen?«

»Unter größter Betonung der Verschwiegenheit: ja. Sie hatte einen juckenden Ausschlag rund um den Nabel.

Aber seither weiß ich, daß Antonina Pawlowna einen der schönsten Frauenkörper besitzt, den ich je gesehen habe!

Ich weiß heute noch nicht, warum sie damit zu mir gekommen ist.«

»Und?«

»Was heißt ›und‹? Ich konnte sie heilen. Zwetkow bedankte sich bei mir mit einem ganzen gekochten Schinken. Aber seither weiß ich, daß Antonina Pawlowna einen der schönsten Frauenkörper besitzt, den ich je gesehen habe.«

»Und so etwas ist im Besitz des fetten, impotenten Zwetkow! Es ist eine Schande!« Kasutin blätterte noch einmal die Fotos durch. Soviel geballte weibliche Schönheit griff ihm ans Herz. »Wie kann man bei der Zwetkowa feststellen, ob sie es ist, die von Jankowski fotografiert wurde? Wir alle wissen: Jankowski geht bei den Zwetkows ein und aus.«

»Was nutzt es uns, das zu wissen?« Dr. Lallikow war grob genug, seine Gedanken weiter auszusprechen. »Wir wissen nun auch alle, daß Jankowski mit sämtlichen Frauen auf unserer Liste bekannt ist.«

»Mit Ausnahme von Dunja Sergejewna«, sagte Kasutin stolz. »Sie scheidet mit Sicherheit aus. Die Zeit entlastet sie völlig.«

»Schweifen wir nicht ab.« Väterchen Akif seufzte tief bei etlichen geheimen Gedanken. »Wie kann man bei der Zwetkowa Gewißheit erlangen?«

»Ich müßte Rassul Alexejewitsch unter den Tisch trinken und dann danach fragen. Vielleicht haben wir Glück, und er hat sein Weibchen zufällig im Bad gesehen.«

»Ob ihm überhaupt solche Kleinigkeiten auffallen?« gab Dr. Lallikow zu bedenken.

»Ich sagte: Wenn wir Glück haben, unverschämtes Glück. Man muß das Erinnerungsvermögen von Zwetkow anregen. Manchmal passieren solche Phänomene. Erst ist alles leer ... und dann – bums – zuckt es in einem hoch. Man muß es versuchen.«

»Dann sollte die Offensive klar sein«, sagte Dr. Lallikow. »Jeder gehe jetzt an seine Aufgabe. Meine lieben Freunde, diesen Jankowski kriegen wir klein. Ihm nützt es gar nichts, wenn er auf seinen unanständigen Fotos den Kopf wegläßt. Wir kreisen ihn ein, und wir erlegen ihn wie einen Hasen.«

»Und dann?« fragte Väterchen Akif. »Wenn wir wissen, wer die Nackte ist, was dann?«

»Die Partei wird sich um sie kümmern«, sagte Kasutin streng. »Natürlich diskret. Mit Gewissenserforschung. Mit Fingerspitzengefühl. Solche Fälle muß man mit seelischer Ausgewogenheit behandeln. Noch können sich unsere Frauen – im Gegensatz zu den Weibern im dekadenten Westen – schämen. Genossen, ans Werk!«

Am Nachmittag hatte Kasutin ein Erlebnis, das ihn umwarf und vieles veränderte.

Er stand bei dem Apotheker Akbar Nikolajewitsch Dudorow im Laden und unterhielt sich mit ihm über den Fortschritt auf dem pharmazeutischen Markt, als Dudorow neue Waren bekam. Ein Lieferwagen aus Magnitogorsk brachte sie. Interessiert sah Kasutin, wie Dudorow ein Päckchen sofort wegnahm und einen Namen darauf schrieb.

A. P. Zwetkowa.

Es dauerte lange, bis Kasutin seine drängende Frage loswurde. »Was ist?« erkundigte er sich vorsichtig. »Ist die Genossin Zwetkowa krank?«

»Nein. Warum?« Dudorow blickte Kasutin verblüfft an. »Sie ist gesund.«

»Das Medikament da.« Kasutin zeigte auf das beschriftete Päckchen. »Ich weiß, Apotheker unterliegen der Schweigepflicht. Aber ich sehe es nun mal.«

»Es ist eine Creme«, sagte Dudorow geheimnisvoll. »Aber, bitte, zu keinem einen Laut.«

»Der Mund der Partei ist verschlossen wie ein Tresor.« Kasutin nickte zu dem Päckchen hin. »Gegen Pickel rund um den Nabel, nicht wahr?«

»Nein.« Apotheker Dudorow sah Kasutin, seinen Parteisekretär, irritiert an. »Eine neuentwickelte Enthaarungscreme.«

Kasutin schluckte, klopfte Dudorow auf die Schulter und verließ die Apotheke wie ein startender 100-Meter-Läufer.

2

Man soll nicht glauben, eine Friedhofsgärtnerei sei ein stiller Ort der Besinnung, wo man Blumen für die lieben Vergrabenen aussucht, Töpfe und Vasen, Kerzen und ewige Lichter, Gebinde und kleine Kränze, und wo man sich höchstens – aber still – wundert, daß ein Veilchentopf hier mehr kostet als auf dem Markt.

So ist das nicht!

Wenn man Stella Gawrilownas Erzählungen glauben darf, ist eine Friedhofsgärtnerei ein Kommunikationsort, gegen den jede andere Form der Zusammenkunft von Menschen verblaßt. Erlebnisse gibt es da, kaum zu fassen! Da war die Beerdigung eines immer tugendhaften Mannes, den beim Reparieren sein eigenes Auto überrollt hatte, sonst hätte er sicherlich noch viele Jahre weitergelebt. Und was passiert auf dem Friedhof, im Verkaufsraum der Gärtnerei? Neben der weinenden Witwe tauchen noch zwei andere Frauen aus der Umgebung auf, beide zusammen mit vier Kindern, sie jammern und lamentieren und präsentieren ihren Nachwuchs als Erinnerung an freudige Stunden mit dem lieben Verblichenen. Welch eine Überraschung! Die selige Witwe ergreift einen Blumentopf und schleudert ihn der einen jungen Mutter an den Kopf, aber diese, nicht faul, reißt einen Kranz von der Wand und stülpt ihn der Trauernden über die Schultern. Nun greift auch die dritte ein, wirft mit Vasen um sich, und bis der liebe Mann endlich in die Erde kommt, sind die drei Damen bereits auf dem Weg zu Dr. Lallikow, der jede mehrmals nähen muß.

Das war nur einer der Vorfälle, von denen Stella Gawrilowna erzählen konnte. Besonders markant war auch noch das Begräbnis des Säufers Tschechow, einer stadtbekannten Persönlichkeit, die eigentlich hätte unsterblich sein müssen, da er sich zu Lebzeiten bereits in Alkohol konserviert hatte. Aber plötzlich war er umgekippt, in einem Augenblick, in dem er kein Glas in der Hand gehalten hatte, sondern brav auf dem Lokus saß, und hatte seinen Geist aufgegeben.

Man weiß bis heute nicht, wie es geschehen konnte, aber als man den lieben Tschechow ins Grab senkte, erfolgte im Inneren des Sarges eine dumpfe Explosion, der Deckel flog hoch und Tschechow richtete sich, vom Luftdruck getragen, auf. Neun Frauen fielen bei diesem Anblick in Ohnmacht und wurden in die Gärtnerei getragen. Nur Väterchen Akif behielt die Nerven und sagte dröhnend am Grab: »Nun kann er ruhig schlafen. Der Alkohol ist hinaus.«

Man sprach noch lange darüber.

Es war durchaus nichts Seltenes, daß der Pope auf dem Friedhof erschien, auch wenn es keine Grabreden zu halten galt. Er inspizierte die ihm lieb gewordenen Gräber ehrlicher Christen, besprach mit Stella dies und jenes, lobte oder tadelte ihre Arbeit, ermahnte sie zu gottgefälligem Lebenswandel und ruhte sich dann in einem Hinterzimmer der Friedhofsgärtnerei aus.

Dieses Zimmer enthielt ein breites Bett, einen Schrank

mit Wein und Wodka, einen Holzbehälter, in dem immer frischer Kuchen lagerte, und es hatte nur ein Fenster zu einem Innenhof, den niemand betreten konnte außer Stella Gawrilowna. Ein bemerkenswertes Zimmer.

Ab und zu schloß Stella die Gärtnerei ab, wenn Väterchen Akif zu Besuch kam, hängte ein Schild ins Fenster, auf dem stand ›Geschlossen wegen Beschaffung neuer Blüten‹, und unterwarf sich einer speziellen Teufelsaustreibung.

So war sie auch nicht darüber erstaunt, daß heute Akif Victorowitsch mit wehendem Bart in der Friedhofsgärtnerei erschien, die Tür abschloß, das bekannte Schild ins Fenster hängte und mit ausgestrecktem Arm streng und voll Autorität ins Hinterzimmer zeigte.

»Verworfene!« sagte er dabei und musterte Stella mit so scharfen Augen, daß man meinen konnte, er müsse die Kleidung wie Glas durchschauen. »Was hast du getan? Leugne nicht! Ich weiß es! Was hat Victor Semjonowitsch Jankowski bei dir gemacht?«

»Er hat sich seinen Wurzelstock bei mir geholt.«

»Haha!« Väterchen Akif rang nach Luft, sank auf die Bettkante, vergrub die Hände in seinen Bart und war erschüttert über die unsittliche Abgebrühtheit von Stella Gawrilowna. »Du gibst es zu!«

»Ja«, sagte Stella Gawrilowna ahnungslos. »Es hat ihm eine große Freude bereitet.«

»Mir bricht das Herz.« Akif rollte wild die Augen. »Das sagst du so frei heraus? Es hat ihm ... oh! Welch ein Abgrund! Welch eine Schlucht voll brodelnder Sünde! Wann ist es geschehen?«

»Genau vor vier Tagen, Väterchen.«

»So genau hast du das behalten?«

»Es war ein besonderer Tag.«

»Natürlich! Natürlich!« Akif spürte sein Herz wie einen heißen Kloß. »So etwas vergißt man nicht!«

»So ist es, Väterchen. Ich hatte große Mühe mit der Wurzel.«

Akif zuckte schmerzvoll zusammen und riß beide Arme hoch. »Satan, entferne dich aus ihr!« brüllte er. »Ich vernehme deine Sprache! Fahre wieder aus ihr heraus!«

»So eine Wurzel ist selten«, fuhr Stella Gawrilowna unschuldig fort. »Aber Victor Semjonowitsch wollte sie unbedingt haben. Eine japanische Zwergkirsche. Ich habe bis Swerdlowsk telefoniert. Dort hatten sie drei Exemplare in der Forschungsanstalt. Drei Wochen habe ich immer wieder gebettelt, bis man mir eine Wurzel schickte.«

Mamedow starrte ungläubig auf Stella Gawrilowna. Ihr langes, schwarzes Haar glänzte wie Seide, ihr Körperchen war auch unter dem Kleid und der Gärtnerschürze noch von aufreizendem Schwung, und die Beine, bis über die Knie entblößt, waren gerade und schlank und doch kraftvoll.

»Eine japanische Zwergkirsche?« fragte er leise.

»Ja, Väterchen.«

»Und sonst nichts?«

»Nichts Besonderes.«

»Was heißt das?«

»Die üblichen Blumen. Der Genosse Jankowski ist ein großer Blumenfreund. Immer neue Blüten in seiner Wohnung. Der schönste Strauß steht stets vor dem Bild seiner Mutter.«

»Woher weißt du das?«

»Ich brachte ihm manchmal Blumen ins Haus.«

»Du warst in seiner Wohnung?« rief Akif verzweifelt.

»Ja. Öfter.«

»Wie oft?«

»Ich habe es nicht gezählt, Väterchen.«

»Und ihr habt euch nur über Blumen unterhalten?«

»Ich habe zweimal bei ihm zu Abend gegessen. Der Genosse Jankowski kocht vorzüglich.«

»Und ihr habt getrunken?«

»Ja.«

»Dann erzählte er von seinen Reisen durch Asien?«

»Ja.«

»Auch von den fernöstlichen Freudenhäusern?«

»Ja«, sagte Stella etwas zögernd.

»Welche moralischen Tiefen!« donnerte Akif erschüttert. »Komm her, und zieh dich aus!«

»Nein«, sagte sie störrisch.

»Stellanka ...«

»Heute nicht. Sie sind so merkwürdig, Väterchen.«

»Ich habe meine Gründe.« Akif Victorowitsch legte die Hände aneinander. »Ich will nur einen Blick auf dich werfen. Einen harmlosen Blick. So wie man ein Bild betrachtet. Ein keuscher Kunstgenuß. Eine stille Erhabenheit.«

»Ich will nicht!« sagte Stella Gawrilowna trotzig.

Akif Victorowitsch brannte innerlich lichterloh. Diese Renitenz war neu. Diese Weigerung, von seiten Stellas sonst nie erlebt, sollte eine Schuld beweisen. Wer nichts zu verbergen hat, kann es getrost zeigen, vor allem, wenn es keine Neuheiten zu betrachten gibt. Aber nein, sie weigerte sich konstant. Sie wich sogar zur Tür zurück, bereit zur Flucht in den Laden. Wie verdächtig war das!

»Es genügen zwei Sekunden«, sagte Väterchen Akif dumpf. »Schnell wie ein fotografischer Blitz.«

»Sie sind heute unheimlich, Väterchen«, antwortete Stella Gawrilowna. Sie empfand wirklich Angst vor dem Popen. Er redete so viel. Bei seinen sonstigen Besuchen entledigte er sich wortlos seiner Bekleidung, trank einen großen Wodka und sagte allenfalls genußvoll: »Ein schöner Tag sollte nie ungenutzt vertan werden.«

»Du hältst doch viel von Fotografie?« donnerte Akif plötzlich. Stella erschrak gewaltig und nickte brav. Mamedow nahm dieses Nicken auf, als habe Stella einen Mord eingestanden. »Auch Jankowski fotografiert?«

»Ja.«

»Die Erde bebt, der Himmel bricht auf, das Jüngste Gericht kommt über uns«, klagte Akif und stöhnte vor Erschütterung. »Das genügt, Verworfene, unrettbar Geschändete. Wann war es?«

»Als der Genosse Jankowski seine Wurzel abholte.«

»Natürlich. Wann sonst?« Akif verdrehte die Augen. »Die japanische Kirsche. Zeitlich trifft es genau zusammen.« Er erhob sich, ging an der zurückweichenden Stella hoch erhobenen Hauptes vorbei und riß im Laden das Schild aus dem Fenster. »Ich werde für dich beten«, sagte er feierlich. »Mehr kann man nicht tun. Der Satan hat dich bereits für den Einzug in die Hölle geschoren. Verstehst du: geschoren!« Er zögerte, legte dann die Hand auf Stellas Haupt und sagte mit bebender Stimme: »Du armes Mädchen. Nur ich weiß, wie sehr du dich verirrt hast. Der Wolf hat dich listig von der Herde gelockt ... aber noch bin ich da. Ich werde dich dem Wolf wieder entreißen. Fürchte dich nicht, dein Hirte ist bei dir.«

Mit verständnislosem Staunen blickte Stella Gawrilowna dem Popen nach. Erst als er um die Ecke gebogen

Sie wich sogar zur Tür zurück, bereit zur Flucht in den Laden.

war, erwachte sie aus ihrer Erstarrung und ordnete ziellos ein paar Blumensträuße in den Vasen. Was Väterchen von ihr gewollt hatte, war ihr rätselhaft. Nur soviel hatte sie herausgehört, daß er sich aufregte, weil sie dem Genossen Jankowski eine japanische Kirsche besorgt hatte. Warum sie deshalb den Rock lüften sollte, war ihr aber völlig rätselhaft und geradezu unheimlich geblieben.

Haben wir nicht festgestellt, daß in einer Friedhofsgärtnerei ab und zu merkwürdige Dinge geschehen? Nun war es sogar der Pope Mamedow, der am hellichten Tag Rätsel aufgab.

Galina Iwanowna, die fröhliche, braungelockte Verkäuferin vom staatlichen Magazin, saß im Wartezimmer von Dr. Lallikow, blätterte in der Illustrierten ›Sowjetunion heute‹ und hatte sich für diesen Besuch besonders fein gemacht. Sie trug einen geblümten Baumwollrock, eine lichtblaue Bluse, Söckchen an den schlanken Beinen und moderne Sportschuhe, was nicht verwunderlich war, wenn man an der Quelle saß und als eine der ersten von Zuteilungen profitierte.

Die Aufforderung zur Kontrolluntersuchung laut Lebensmittelgesetz empfand sie als etwas ganz Natürliches, auch wenn die Untersuchung so plötzlich angesetzt worden war und Dr. Lallikow sie per Telefon hinter der Ladentheke hervorgeholt hatte. Sie hatte sich im Magazin schnell umgezogen und vorher geduscht und sah nun so sauber und unschuldig aus, so lieb und herzig, daß jedermann sie gern angesprochen hätte, wenn da nicht ihr Verlobter Lagatin gewesen wäre, der Mittelgewichtsmeister im Boxen.

Dr. Lallikow erfuhr von Marfa Felixowna, seiner unentbehrlichen Sprechstundenhilfe, daß Galina gekommen sei, aber noch neunzehn Patienten vor ihr an der Reihe wären.

»Wir ziehen sie vor«, entschied Lallikow. »Sie steht im Arbeitseinsatz und muß sofort zurück ins Magazin. So gesehen, ist sie ein Notfall. Führen Sie die Genossin nebenan in die Kabine, sie soll sich schon entkleiden.«

Dr. Lallikow hörte noch das schwache Herz von Mütterchen Jewgenija ab, einer Dreiundachtzigjährigen, die geschworen hatte, 150 Jahre alt zu werden, weil sie ihre Schwiegertochter haßte und diese dann überlebt hätte. Dann begab er sich hinüber in die gynäkologische Kabine. Dort saß Galina ausgezogen auf einem Hocker und zwitscherte fröhlich mit Marfa Felixowna. Die starke Glühlampe beleuchtete ihren wirklich schönen Körper, und Dr. Lallikow sagte sich, daß Schultern, Brust und Leib, Hüften und Schenkel sehr gut mit denen auf den Fotos übereinstimmten. Nur etwas störte bei diesem Vergleich. Dr. Lallikow zog die Augenbrauen mißbilligend zusammen.

»Ich habe gesagt ausziehen, Galina Iwanowna, auch das Höschen. Das Lebensmittelgesetz schreibt vor, daß ...«

Marfa Felixowna ging hinaus. Das war sonst nicht üblich, gerade bei solchen Untersuchungen mußte eine Zeugin in der Nähe sein, denn zuviel war schon von tollen Weibern behauptet und sogar beschworen worden und hatte so manchen Arzt in Schwierigkeiten gebracht. Dr. Lallikow war bisher zwar davon verschont geblieben, und es war auch undenkbar, daß ein Weibchen ihn unlauterer Griffe hätte beschuldigen können. Seine Grobheit war so groß, daß jegliche Gedanken an solche Verfehlungen sofort abstarben.

Galina Iwanowna blieb sitzen und war sehr verlegen. »Genügt das nicht?« fragte sie mit umwerfendem Charme.

»Nein.« Dr. Lallikow rückte an seiner starken Brille. »Bei einer Untersuchung gibt es Unwichtiges, Wichtiges und sehr Wichtiges. Der Arzt allein kann das beurteilen. Dafür ist er ja Arzt. Du bist dabei, sehr Wichtiges der ärztlichen Beurteilung zu entziehen. Das ist fast ein asoziales Verhalten. Du stehst im öffentlichen Leben. Gesundheit ist ein Fundament unseres Fortschritts. Also ...«

»Ich bitte um Verzeihung, Genosse Doktor«, sagte Galina Iwanowna leise. »Aber ich schäme mich.«

»Vor deinem Arzt? Seit wann denn?«

»Seit neunzehn Tagen.«

Dr. Lallikow starrte die schüchterne Schönheit verblüfft an, zog einen Stuhl heran und setzte sich ihr gegenüber. »Das mußt du mir erzählen«, sagte er väterlich. »Hat dich vor neunzehn Tagen etwas verändert?«

»Ja.«

»Körperlich?«

Galina Iwanowna nickte schüchtern.

»Auch seelisch?«

»Vielleicht.«

»Öffne dein Herz«, sagte Dr. Lallikow gütig. Er merkte gar nicht, daß er damit in das Revier des Popen geriet.

»Mein Verlobter kam von einem Boxkampf aus Swerdlowsk zurück ...«

»Meister Lagatin?«

»Ja.« Galina schluckte krampfhaft. »Und er brachte eine Zeitschrift mit. Aus dem dekadenten Westen. Aus Paris. Völlig dekadent, Genosse Doktor. Unmöglich, diese Fotos. Aber irgendwie interessant.«

»Ha!« Dr. Lallikow spürte, wie sich der große Kreis

rundete. Seine Brillengläser beschlugen wieder, er nahm sie von der Nase und putzte sie mit Hilfe des Zipfels seines weißen Arztkittels. »Und was geschah weiter?«

»Ich schäme mich so ...«

»Vor deinem Arzt, Galina Iwanowna?«

»Lagatin sagte: ›Das solltest du auch mal machen.‹« Galina bedeckte mit beiden Händen ihr Gesicht. Sie schämte sich wirklich in Grund und Boden. »Da habe ich es gemacht.«

»Aha«, sagte Dr. Lallikow.

»Lagatin fand es sehr schön. Ich gar nicht. Ich bin keine aus dem dekadenten Westen. Aber Lagatin sagte: ›Ganz still, es weiß ja keiner. Das ist unser Geheimnis. Es kommt ja wieder ...‹«

»Na ja.« Dr. Lallikow räusperte sich. »Ich habe Verständnis dafür – das vorweg! Die forschende Jugend. Der Reiz des Neulandes. Beruhige dich, Galina Iwanowna, es bleibt ja unter uns.«

»Jetzt ziehe ich mich aus«, sagte sie und erhob sich vom Hocker.

Dr. Lallikow winkte großzügig ab.

»Nicht mehr nötig. Die Anamnese war überzeugend.«

»Ist das der Name dafür?«

Dr. Lallikow räusperte sich erneut, erhob sich auch und stieß die Tür zur Kabine auf. Marfa Felixowna saß hinter dem Schreibtisch und füllte eine Karteikarte aus.

»Die Genossin Galina ist gesund«, erklärte Dr. Lallikow herrisch wie immer. »Sie bekommt ihr Gesundheitszeugnis. Keine Beanstandungen. Eine Wiedervorführung ist in absehbarer Zeit nicht notwendig.« Er zögerte, drehte sich zu Galina Iwanowna um und betrachtete sie forschend, während sie sich wieder anzog. Dieser verfluchte

Jankowski, dachte er. Der Bräutigam macht es, und er fotografiert es. Welch simple Verteilung des Genusses!

»Ihr seid viel mit dem Genossen Jankowski zusammen?« fragte er leichthin.

Galina nickte. Sie zog gerade ihre Söckchen an. »Er ist unser Freund.«

»Victor Semjonowitsch kann gut fotografieren, nicht wahr?«

»O ja. Er hat einen vorzüglichen Apparat.«

»Wer wagt das zu bestreiten?« Dr. Lallikow rückte seine dicke Brille zurecht, setzte sich an seinen Tisch und genoß die Befriedigung, diesen delikaten Fall so elegant gelöst zu haben. Er konnte Kasutin nun davon unterrichten, daß Nowo Korsaki nicht in den Sog verderblicher westlicher Tendenzen geraten würde.

Aber mit dem Genossen Jankowski mußte man sprechen. Unbedingt!

Solche Fotos gibt man nicht zum Vergrößern in der eigenen Stadt ab!

Das ist eine unverzeihliche Dummheit, unwürdig eines intelligenten Menschen, wie Victor Semjonowitsch einer war.

Eigentlich war es nun verschwendete Zeit, sich auch noch um die schöne Witwe Sitkina und die blöde Herrlichkeit Rimma Ifanowna zu kümmern, nachdem für Dr. Lallikow feststand, daß Galina die Unbekannte ohne Kopf auf den unanständigen Fotos war. Aber Lallikow war ein Gründlichkeitsfanatiker. Der Vollständigkeit halber mußte man alle auf der Liste abhaken, und an der Reihe war jetzt die rothaarige Rimma.

Hätte Dr. Lallikow doch bloß darauf verzichtet! Seiner

... machte sich Dr. Lallikow nach einem ausgiebigen Mittagessen auf den Weg zur weiteren Erforschung der Wahrheit.

Gründlichkeit war ja auch der Vorsitzende, der ehrenwerte, jedoch nun entmannte Boris Nikolajewitsch Werschokin, zum Opfer gefallen, und es hatte Lallikow seinen weiteren Aufstieg in der Chirurgie gekostet. Wer kann aber schon über seinen eigenen Schatten springen, vor allem, wenn er von seiner Mission geradezu reformatorisch erfüllt ist?

Da man Rimma als Korbflechterin nicht zur Erstellung eines Gesundheitszeugnisses vorladen konnte, machte sich Dr. Lallikow nach einem ausgiebigen Mittagessen auf den Weg zur weiteren Erforschung der Wahrheit.

Rimma Ifanowna bewohnte ein kleines Haus an der Peripherie von Nowo Korsaki, dort, wo vor vierzig Jahren noch Urwald gewesen war und Rimmas Eltern ihre Felder gerodet hatten. Es waren arme, aber ehrliche Leute gewesen, die sich krumm gearbeitet hatten für ihr tägliches Brot, und deren einziger Kummer nur ihr Töchterchen gewesen war. Nachdem Rimma ihren unglücklichen Fenstersturz erlitten hatte und seitdem mit dem logischen Denken in ständigem Hader lag, sagten sich die Eltern, daß es Ärgeres gäbe als ein Mädchen, das mehr grinste als sprach. Und es wurde in der Tat noch ärger, denn Rimma entwickelte sich zu einer solch einsamen Schönheit, daß die Burschen ihr rundherum auflauerten und geradezu Jagd machten auf diese rothaarige Pracht. Ein paarmal schoß Väterchen mit der Schrotflinte auf allzu geile zweibeinige Böcke, aber dann raffte ihn eine Lungenentzündung hinweg, und auch die Mutter überlebte diese Katastrophe nur um ein halbes Jahr.

Nun war Rimma Ifanowna allein und machte aus ihrer Beschäftigung einen Beruf: Sie flocht Körbe und verkaufte sie auf dem Markt. Das Geschäft lief so gut, daß sie noch zwei alte Frauen einstellte und es sich leisten konnte, ein Motorrad zu fahren. So blöd war sie nicht, um dieses Fahrzeug nicht zu beherrschen. Vor allem aber sah man mit Verblüffung, daß sie sich ihrer Schönheit voll bewußt war und ihre Tugend so tapfer zu verteidigen verstand, daß bis zur Stunde sich niemand brüsten konnte, Rimma Ifanownas gesamte glatte Haut zu kennen. Zwar munkelte man, sie fahre nicht nur wegen des Großhandelszentrums nach Magnitogorsk und bringe neue Aufträge mit, aber beweisen konnte niemand etwas. Rimma war immer freundlich, lächelte in ihrer leicht blöden Art jeden an, wurde von Jahr zu Jahr schöner und hatte jetzt, mit sechsundzwanzig Jahren, eine Reife erlangt, die zu Superlativen an Lobpreisungen Anlaß gab. Im Sommer konnte man das ab und zu von weitem bewundern: Da hüpfte sie in einem engen Badeanzug im Garten herum, stellte sich unter eine Dusche, und ihr helles Lachen vergoldete die Sonne noch mehr. Dazu leuchtete ihr feuerrotes Haar. Es war ein Anblick, der jeden Mann nach innen seufzen ließ.

Natürlich hatte auch der Geologe Jankowski die Bekanntschaft mit Rimma Ifanowna gemacht. Nach seinen Zeichnungen flocht sie Spezialkörbe, in denen er Gesteinsproben sammelte und sortierte. Das war ein raffinierter, unverfänglicher Anlaß, öfter bei Rimma vorzusprechen und sogar ins Haus zu gehen.

So jedenfalls rekonstruierte Dr. Lallikow den Angriff Jankowskis auf Rimmas Tugend, und Kasutin und Babajew stimmten ihm zu. Nur so hatte es geschehen können, daß Rimma – bisher noch rein theoretisch – über Zeichnungen für Spezialkörbe zum Modell für unanständige Fotos abgesunken war. Jankowskis Art, selbst Frauen, die sich wie Schnecken in ihre Häuser zurückzogen, von entarteten Dingen zu überzeugen, war sattsam bekannt geworden.

Rimma Ifanowna saß im Garten in der Sonne unter einem Schirm, arbeitete an einem großen Rundkorb und sah Dr. Lallikow mit ihrem bekannten Grinsen an. Ihre Schönheit war umwerfend. »Das ist aber selten«, sagte Rimma Ifanowna sofort. »Sie machen Besuche? Was soll das? Hier liegt niemand im Sterben.«

Sie konnte sich eine solche Sprache erlauben, man nahm sie ihr nicht übel. Von jeher, seit Jahrhunderten, nehmen in Rußland die Idioten eine gesellschaftliche Sonderstellung ein. Es gab sogar eine Zeit, in der man die Stammler und Epileptiker Heilige nannte und ehrfurchtsvoll um sie herum saß, wenn sie ihre Anfälle hatten. So etwas wurzelt tief und läßt vieles erklären, was an Rußland unverständlich erscheint.

Dr. Lallikow lachte väterlich, setzte sich neben Rimma auf die Holzbank, blickte in den tiefen Blusenausschnitt und stellte fest, daß Rimmas rote Haare wie dünnste Seide waren. Der leichte Wind hielt sie in ständiger Bewegung.

»War Victor Semjonowitsch schon da?« fragte er geradeheraus. Bei Rimma Ifanowna waren keine diplomatischen Umwege nötig. Ihr unkomplizierter Geist begriff nur das Direkte.

»Wer ist Victor Semjonowitsch?« fragte Rimma zurück.

»Jankowski.«

»Nein.«

»Was heißt nein?«

»Er war nicht da.«

»Nicht mit seinem Apparat?«

»Mit welchem Apparat?«

»Mit dem Fotoapparat. Er wollte doch fotografieren.«

»Mich? Schon wieder?«

Dr. Lallikow spürte, wie es heiß in ihm aufwallte. Die Dinge komplizierten sich, das war nun offensichtlich. Er hatte von Rimma auch hier ein Nein erwartet; nun stellte sich heraus, daß der hyperpotente Jankowski auch Rimma vor die Linse bekommen hatte. Es gab also nicht nur ein Opfer – Galina Iwanowna –, sondern zwei, und damit war die Frage wieder völlig offen, wer nun die unbekannte Nackte ohne Kopf auf den Fotos war. Außer Zweifel stand, daß alle Aufnahmen die gleiche Person zeigten ... so völlig ähnlich hätten zwei Frauenkörper nicht sein können.

»Schon wieder«, wiederholte Dr. Lallikow mit einem heiseren Beiklang. »Wann hat er denn ...?«

»Ich weiß nicht. Mich interessiert kein Kalender.«

»Aber es war erst vor kurzem?«

»Ja, das war es.«

Rimma grinste lieb und blöd. Dr. Lallikow verstand die Schöpfung nicht mehr, die in eine solche Schönheit so wenig Gehirn investierte.

»Wo hat er dich fotografiert?« fragte Lallikow direkt.

»Auf der Wiese. Ich mußte einen Strauß weißer Margeriten halten und mein Haar darumlegen. ›Das sieht wunderbar aus‹, hat er gesagt. ›Die weißen Blüten und deine roten Haare. Das Bild verkaufe ich an eine Illustrierte.‹ Er will mir dann die Illustrierte schenken.«

Dr. Lallikow nahm die dicke Brille ab und putzte die Gläser. Hier stimmt etwas nicht, dachte er. Von einem Blumenstrauß war auf den Fotos nichts zu sehen. Außerdem waren sie schwarzweiß. Hochglänzend. Da muß ein Irrtum vorliegen. Auf jeden Fall weiß man aber jetzt, daß Rimma Ifanowna ein williges Modell gewesen ist. Einen Film hat der raffinierte Jankowski mit den Blümchen verknipst, den anderen Film hat er dann mit anderen Flächen belichtet. So wird es gewesen sein, ohne Zweifel.

»Es war ein Farbfilm?« fragte Dr. Lallikow leichthin.

»Ja, natürlich.«

»Der zweite Film auch?«

So etwas nennt man eine Fangfrage. Wer da nicht höllisch aufpaßt, tappt in die Falle. Rimma Ifanowna in ihrer Einfalt merkte die Grube nicht. Sie sagte unbefangen: »Ich nehme es an.«

Dr. Lallikow atmete rasselnd aus. Überführt! Der Triumph der Logik! Man konnte jetzt sogar rekonstruieren, wie Jankowski vorgegangen war, um die naive Rimma zu solchen Fotos herumzukriegen. Über den Umweg eines Margeritenstraußes. Einfach genial, das mußte man zugeben.

»Mein verführtes Kind«, sagte Dr. Lallikow in ehrlicher Erschütterung. Er wagte gar nicht, ins Detail zu gehen und zu fragen, wie Jankowski es Rimma erklärt haben mochte, daß eine Rasur den künstlerischen Eindruck noch verstärkte. Seine Fantasie reichte aus, sich diese Szene auszumalen – sie war von atemberaubender Dekadenz. »Du hast es nicht überblickt. Du brauchst dich nicht zu schämen.«

»Warum sollte ich mich schämen? Weil ich in eine Illustrierte komme?«

»Natürlich! Das rothaarige Blumenkind! Hach!« Dr. Lallikow stand auf und strich Rimma Ifanowna wie trö-

Dr. Lallikow nahm die dicke Brille ab und putzte die Gläser. Hier stimmt etwas nicht, dachte er.

stend über das herrliche Haar. »Wer weiß noch von diesen Fotos?«

»Niemand. Ich will damit alle überraschen.«

»Das wird dir gelingen.« Dr. Lallikow blickte noch einmal in ihren Blusenausschnitt und dann in ihre grünblauen Augen. Ihr ewiges, dummes Lächeln war für einen Eingeweihten erschütternd. Welch ein Lüstling, dieser Jankowski, dachte Lallikow. Er scheut vor gar nichts zurück. »Sprich auch nie darüber«, sagte er zu Rimma und tätschelte ihr die Wange. »Und vergiß das alles schnell. Und wenn Jankowski kommt, laß ihn nicht mehr in dein Haus.«

»Was soll ich ihm denn sagen?«

»Schick ihn zu mir.«

»Gut.« Rimma Ifanowna wandte sich wieder ihrem großen Rundkorb zu. »Ich werde ihm bestellen, daß er Sie auch fotografieren soll.«

Dr. Lallikow wollte noch etwas sagen, wischte die Worte dann aber mit einer Handbewegung weg in dem Bewußtsein, daß Rimma keinen Zugang zur Logik hatte.

Die schöne Witwe Alla Filippowna Sitkina tat so, als habe sie Dr. Lallikow erwartet. Sie brachte duftenden Tee, einen kleinen Butterkuchen und eine Flasche Moosbeeren-Likör, setzte sich dann ihm gegenüber, und es genierte sie nicht im geringsten, daß ihr Morgenrock dabei über den Knien aufklaffte und ihre schönen, schlanken Beine bis zu den Hüften sehen ließ. Lallikow wagte einen schnellen Blick ... die Witwe Sitkina trug ein enges, fliederfarbenes Höschen. Das Corpus delicti war also verborgen. Daß Alla Filippowna noch am frühen Nachmittag im Morgenrock und darunter ziemlich entblößt herumlief, erstaunte Dr. Lallikow kaum. Der Ruf der Sitkina hatte sich nach dem tragischen Tod ihres Mannes rapide verschlechtert. Bis nach Swerdlowsk sollten sich ihre Liebhaber verteilen.

»Unser Freund Jankowski«, sagte Dr. Lallikow gemütlich. »So vielseitig begabt und unermüdlich. Die Fotos, die er von Ihnen machte, meine liebe Alla Filippowna, sind wahre Kunstwerke.«

»Sie haben sie gesehen?« rief die Sitkina ohne die geringste Hemmung aus. »Das freut mich, lieber Doktor! Ich finde sie wundervoll!«

Dr. Lallikow wackelte mit der Nase, mußte seine Brille putzen und bescheinigte innerlich Jankowski eine geradezu phänomenale Männlichkeit. Galina Iwanowna, Rimma Ifanowna und nun auch noch Alla Filippowna, und das alles in einer Woche ... Hut ab, Victor Semjonowitsch! Der Beruf eines Geologen muß unheimlich kräftigend sein. Viel frische Luft, das Blut dadurch voller Ozon, immer draußen in der Natur – das wirkt sich aus.

»Die Fotos sind erstaunlich«, sagte Lallikow, mit der Zunge schnalzend.

»Und vor allem so natürlich.«

»Das wollte ich damit sagen.«

»Zum Hingreifen plastisch.«

»Das ist nicht zu leugnen.«

»Was haben Sie gedacht, Doktor, als Sie die Fotos sahen?« fragte die Sitkina sichtlich begeistert. »Sagen Sie es mir. Was haben Sie spontan gedacht?«

»Spontan?«

»Ja.«

»Donnerwetter!«

»Wirklich?«

»Ja, Donnerwetter!« Lallikow sah die Sitkina sichtlich erschöpft an. »Was soll man anderes dazu sagen?«

»Die gesamte Komposition stammt von Jankowski.«

»Das habe ich mir gedacht. So etwas fällt auch nur ihm ein.«

»Genau das habe ich ihm auch gesagt.«

»Und wie hat der gute Victor Semjonowitsch darauf reagiert?«

»Er hat gelacht. Er kann so herrlich lachen. So jungenhaft. So bezwingend.«

»Das ist der richtige Ausdruck: dieser liebe Junge.« Dr. Lallikow sprang auf. Die Sitkina blickte erstaunt zu ihm empor.

»Sie wollen schon wieder gehen, Doktor? Nicht noch ein Likörchen?«

»Heute war ein anstrengender Tag.«

»Wenigstens einen Schluck Tee. Und ein Stückchen Kuchen. Mit bester Butter. Simon Michailowitsch, bei mir können Sie sich ausruhen. Hier stört Sie niemand.«

»Ich bin dessen nicht so sicher.«

»Aber ja. Wenn ich Besuch habe, lasse ich am Fenster über der Tür die Jalousie herunter. Da weiß gleich jeder: besetzt.« Die schöne Witwe Sitkina goß Tee nach und zerteilte den Butterkuchen. »So lange Sie bleiben, Doktor Lallikow, ist hier die Ruhe einer einsamen Insel um Sie.«

Sie läßt die Jalousie herunter, dachte Lallikow. Das ist ihr rotes Licht. Besetzt. Man lernt nie aus. Im gleichen Augenblick fiel ihm ein, daß man ihn beobachten könne, wie er nachher das Haus der Sitkina verließ und sie die Jalousie wieder hochzog. Freie Fahrt. Der Nächste. Böswillige könnten dabei selbst bei einem Arzt auf abwegige Gedanken kommen.

Lallikow wurde rot, trank im Stehen seinen Moosbeeren-Likör und ging zur Tür.

»Ein Arzt hat nie Zeit«, sagte er entschuldigend. »Wenn Sie wüßten, Alla Filippowna, was mich heute abend noch alles erwartet ...«

»Ich glaube es Ihnen.« Die Sitkina erhob sich, ordnete ihren Morgenrock und brachte Lallikow zum Ausgang. Dabei zog sie die Jalousie hoch, was Lallikow wie eine Provokation empfand. »Nur eine Frage noch. Warum sind Sie überhaupt zu mir gekommen, Simon Michailowitsch?«

»Es ging um die Klarstellung einer Klarheit.«

»Wie bitte? Erklären Sie mir das, mein Lieber.«

»Es wäre zu kompliziert, Alla Filippowna. Nehmen Sie hin, daß ich mich nur erkundigen wollte, wie es Ihnen geht. Ich habe mich davon überzeugt, daß nichts auszusetzen ist.«

Auf der Straße blieb er ostentativ stehen, damit auch alle sahen, daß er aus dem Haus der Sitkina kam und er nichts zu verbergen hatte. Dann ging er würdevoll weiter, machte einen Abstecher zur Apotheke und ließ sich im Rezepturraum auf einen Stuhl fallen. Dudorow, der Apotheker, sah ihn besorgt an.

»Was haben Sie?« fragte er ihn hastig.

»Ich brauche einen großen Wodka«, sagte Dr. Lallikow erschöpft. »Am besten gleich 100 Gramm. O Himmel, fragen Sie nicht, Akbar Nikolajewitsch! Es gibt Dinge körperlicher Konsistenz, die auch medizinisch nicht erfaßbar sind.«

Daraufhin trank er den Wodka wie Wasser und versank in dumpfes Brüten.

Am Abend trafen sie sich wieder bei Väterchen Mamedow.

Sie traten, da sie sich auf der Straße begegnet waren, alle gemeinsam ins Zimmer, zuerst Kasutin, dann Babajew, am Ende Dr. Lallikow.

Der Pope saß regungslos auf seinem Stuhl und sah ihnen stumm entgegen. Er schien sich die Haare gerauft zu haben, denn deren sonst so gepflegte weiße Pracht wirkte unordentlich und irgendwie zerstört. Mit einem trüben Blick nahm er wahr, daß die drei sich setzten. Dr. Lallikow legte einen Bogen auf den Tisch: die verfluchte Liste der schönen Weiber von Nowo Korsaki.

»Gehen wir gleich zur Sache«, sagte Dr. Lallikow. »Die Frage ist gelöst, indem man sie nicht lösen kann. Die Ergebnisse der Nachforschungen sind deprimierend. Sie sprengen alle Vorstellungen, übertreffen selbst medizinisch die Erkenntnisse männlicher Physiologie. Ich bin glattweg erschüttert.«

»Sprechen Sie nicht weiter«, stöhnte Väterchen Akif voller Qual. »Ich durchleide seit Stunden das Fegefeuer. Ich büße ehrlich. Aber ich muß es sagen: Ja! Sie ist es!«

»Wer?« rief Kasutin und beugte sich vor.

»Sie hat es gestanden«, sagte Mamedow. »Mit der Wurzel einer japanischen Kirsche fing es an. Es ist Stella Gawrilowna.«

»Was ist sie?« fragte Dr. Lallikow und wurde bleich.

»Das unanständige Modell«, röhrte Väterchen Akif.

»Wer kann das noch ertragen?« stammelte Lallikow. »Ich kaum.«

... machte einen Abstecher zur Apotheke und ließ sich im Rezepturraum auf einen Stuhl fallen.

»Ich werde daran zerbrechen.«, stöhnte Akif Victorowitsch.

»Das ist unglaublich.« Lallikow hielt mit beiden Händen seine dicke Brille fest. »Jetzt sind es vier. Vier in einer Woche. Ob das wirklich die ozonhaltige Luft bewirkt?«

Kasutin hob beide Hände und wedelte mit ihnen in der Luft. »Ich weiß nicht, was ihr redet«, sagte er verwundert. »Der Fall ist doch ganz einfach. Durch einen Zufall, so im Vorbeigehen, habe ich ihn gelöst. Eine ganz simple Sache: Es ist Antonina Pawlowna Zwetkowa.«

»Nein!« stöhnte Dr. Lallikow. »Nein! Pjotr Dementijewitsch, bringen Sie mich nicht um! Widerrufen Sie das!«

»Es ist die Wahrheit: Der Körper ohne Kopf gehört der schönen Antonina.«

»Ich überlebe das nicht«, stammelte Lallikow. »Das ist schlimmer als in einem altgriechischen Drama.«

»Der Körper gehört Stella Gawrilowna«, sagte Väterchen Akif dumpf und wie schon jenseits dieser Welt. »Ich weiß es genau.«

»Wenn ein Pope das genau weiß ...«, ließ sich der verschüchterte Babajew vernehmen.

»Und warum läßt sich die Zwetkowa Päckchen mit Enthaarungscreme schicken?« regte sich Kasutin auf. »Ist das kein Beweis?«

»Sie läßt sich ...«, flüsterte Lallikow. »O nein!«

»Über Dudorow. Ich war dabei, als die Creme ankam. Enthaarungscreme! Wer kann da noch etwas sagen? Und Jankowski ist mindestens dreimal in der Woche bei Zwetkow zu Gast. Wollt ihr alle Logik auf den Kopf stellen?«

»Ja.« Dr. Lallikow strich mit beiden Händen über die Liste, als sei sie ein wertvolles Pergament aus grauer Vorzeit. »Ich kann es beweisen.«

»Ich auch«, schloß sich Akif Victorowitsch an. »Gehen wir methodisch vor. Ich rufe die Namen auf.« Lallikow holte tief seufzend Atem. »Dunja Sergejewna –«

»Ist doch einwandfrei gestrichen!« rief Kasutin.

»Sie Glücklicher«, brummte Akif.

»Galina Iwanowna – hat gestanden«, sagte Dr. Lallikow laut.

»Wie man sich täuscht«, meinte Babajew.

»Stella Gawrilowna ...«

»Hat gestanden«, stammelte Väterchen Mamedow.

»Rimma Ifanowna – hat gestanden.«

»Mir wird schwarz vor den Augen«, flüsterte Babajew, der plötzlich das ganze Ausmaß der Tragödie überblickte.

»Alla Filippowna Sitkina – hat gestanden. – Antonina Pawlowna Zwetkowa ...«

»Hat mit dem Bezug von Enthaarungscreme gestanden«, fiel Kasutin ein.

»Das sind fünf. Alle fünf auf der Liste.« Dr. Lallikow lehnte sich weit zurück. »Alle fünf sind überführt, die unanständigen Modelle des Genossen Jankowski zu sein. Aber nur *eine* kann es wirklich sein! Nur *eine* auf *diesem* Film! Doch wer? *Wer?«* Lallikows Stimme wurde fast weinerlich. »Liebe Genossen, ich stelle fest: Wir sind genau an dem Punkt angelangt, an dem wir am Anfang standen. Wir wissen nichts. Wem gehört der Körper ohne Kopf?«

»Wir wissen nur eins«, sagte der unselige Babajew heiser. »Jankowski hat sie alle fotografiert ... *so* fotografiert! Sie ... sie haben ja alle gestanden.«

»Man muß ihn umbringen«, sagte Akif kaum hörbar. »Dieser Victor Semjonowitsch ist ja ein sexuelles Monster. Man muß die Welt von ihm befreien.«

»Er versetzt uns in diese Zwangssituation, ja.« Dr. Lallikow starrte Kasutin und Babajew mit hervorquellenden Augen an. Durch die starken Brillengläser sah das noch grausiger aus. »Was schlagen Sie vor, Genossen?«

»Man sollte Zwetkow einen Wink geben«, sagte Babajew. »Vielleicht vergiftet er Jankowski beim nächsten Abendessen.«

»Dann würde man Rassul Alexejewitsch als Mörder verhaften. Wäre das gerecht? Ich sage: nein!« Kasutin hieb mit der Faust auf den Tisch. »Man müßte Jankowski draußen in den Wäldern, wenn er nach seinen Steinchen sucht, überfallen und entmannen.«

»Dabei besteht aber auch die Gefahr, daß er verblutet«, sagte Dr. Lallikow.

»Und wenn Sie ihn nach diesem Überfall operieren, Genosse?« fragte Kasutin.

»So geht es nicht.« Väterchen Akif hob den Kopf. Er wirkte wie ein waidwundes Tier, das noch einmal einen Laut von sich gibt. »Vertraut auf die Kirche, Freunde. Auf das bezwingende Wort. Auf das Anstechen der Seele. Ich werde mit Victor Semjonowitsch morgen ein offenes Wort sprechen.« Man fand diese Zwischenlösung gut und ging auseinander.

Aber irgendein Zweifler mußte unter ihnen sein, denn eine Stunde später rief ein Anonymus beim Baubeauftragten Zwetkow an und sagte: »Mein lieber Rassul Alexejewitsch, beäuge einmal genau dein Weibchen Antonina, und frage sie dann nach der Enthaarungscreme. Bitte, unterzieh dich dieser interessanten Pflicht.«

Der dicke Zwetkow schüttelte den Hörer, brüllte: »Wer ist denn da?« und legte dann baß erstaunt auf.

3

Der Herr liebt die, die reinen Herzens sind.

Was man auch über Victor Semjonowitsch Jankowski bisher gehört und gelesen hat – es schien so, als gehöre er zu den Auserwählten. Er war ein gutaussehender, sportlicher Mann, durch seinen Beruf als Geologe kam er viel in der Welt herum, er konnte also spannend von Gegenden erzählen, die andere nur auf der Landkarte kannten. Er lachte gern, war großzügig in der Beurteilung seiner Mitmenschen und zeigte einen ausgeprägten Sinn für Kunst aller Art. Er verstand etwas von Malerei, Architektur, Skulptur, Theater und Musik, las Romane, konnte über moderne Philosophien diskutieren und war auch nicht in Verlegenheit zu bringen, wenn man mit Parapsychologie anfing. Also rundherum ein Teufelskerl.

Dazu kam, daß er mit einem weichen, warmen Bariton ausgestattet war, gern Arien sang, sich dabei selbst auf der Laute begleitete oder – wenn es möglich war – auf dem Klavier. Mit Antonina Pawlowna sang er sogar Duette, etwa: ›Reich mir die Hand, mein Leben ...‹ oder ›Ein Mädchen oder Weibchen wünscht Papageno sich ...‹ Das klang vorzüglich, der fette Zwetkow saß dann selig lächelnd im Sessel und erfreute sich am Charme seiner

Frau, nannte Victor Semjonowitsch einen edlen Freund und einen Gewinn für Nowo Korsaki.

Da sollte einer noch sagen, der Genosse Jankowski sei kein Glückskind!

Babajew sah mit größter Spannung dem Augenblick entgegen, an dem Jankowski die Vergrößerungen seiner Fotos abholte. Und tatsächlich erschien Victor Semjonowitsch wie vereinbart am Vormittag des übernächsten Tages, betrat den Laden, grüßte wie immer mit einer impertinenten Freundlichkeit und fragte unverfroren: »Haben Sie die Fotos fertig, Nikita Romanowitsch?«

»Pünktlich, wie zugesagt.« Babajew griff unter die Theke, holte das Kuvert mit den Vergrößerungen 18 x 18 hervor und legte sie auf den Tisch. Jankowski öffnete unbefangen das Kuvert, zog die Bilder heraus und betrachtete sie einzeln mit sichtbarer Wonne, hielt sie sogar in die Sonne und nickte mehrmals. Babajew rollte vor Erregung den Speichel im Mund hin und her.

»Sind Sie zufrieden, Genosse?«

»Durchaus. Nikita Romanowitsch, Sie sind ein Könner Ihres Fachs. Sie haben alles aus den Aufnahmen herausgeholt, was herauszuholen war.«

»Das war nicht schwierig bei diesen Perspektiven.«

»Trotzdem. Man sieht an den Vergrößerungen, daß Sie mit Liebe dabei waren.«

Babajew bemühte sich, ein plötzliches Rotwerden zu unterdrücken, und hielt deshalb die Luft an, was natürlich falsch war. Er tauchte deshalb an der Theke unter, suchte in einem Stapel von Prospekten, fand eine Reklame für neue Objektive und hatte sich unterdessen so beruhigt, daß er den Prospekt an Jankowski weitergeben konnte. »Man tut, was man kann«, sagte er dabei heiser.

»Und Sie können viel.« Jankowski schob die Bilder wieder in das Kuvert und strahlte Babajew an. »Was mir an Ihnen so gefällt, Nikita Romanowitsch, ist Ihre Freude an der Arbeit, Ihr Verständnis, Ihre Diskretion.«

»Dafür ist man Fotograf«, antwortete der arme Babajew verlegen. »Unsere Arbeit basiert auf gegenseitigem Vertrauen.«

»Das wollte ich damit sagen.« Jankowski klemmte das Kuvert unter seinen Arm. »Diese Vergrößerungen sind Meisterwerke. Ich werde Ihnen in den nächsten Tagen noch mehrere Filme bringen.«

»Noch ... mehr ...?« stotterte Babajew am Rande des Umfallens.

»Ja, insgesamt sieben.«

»Sieben? Welche Freude! Ah ... ähnlich im Motiv?«

»Gemischt. Auch viel Natur ist dabei.«

»Viel ... Natur ...?«

»Ich liebe Schönheit in jeder Form«, sagte Jankowski mit glänzenden Augen. »Gibt es zum Beispiel Herrlicheres als von der Sonne überhauchte, schwellende Matten?«

Babajew nickte entrückt. »Schwellende Matten ...«, wiederholte er wie ein Somnambuler.

»Eine sich öffnende Knospe. – Aber wem sage ich das? Als Fotograf ist Ihr Auge ja auch geschult für solche Köstlichkeiten, nicht wahr, Nikita Romanowitsch?«

Babajew nickte stumm und war heilfroh, als Jankowski endlich das Geschäft verließ, draußen in einen kleinen Geländewagen stieg und fortbrauste in die Wälder zu seiner Forschungsarbeit. Er rannte nach hinten zum

Telefon und rief den Parteisekretär Kasutin an, dem Dunja Sergejewna gerade eine verspannte Schulter massierte. Auch das gehörte zu ihrer Sekretärinnentätigkeit. Sie verstand sich gut aufs Massieren, knetete Kasutin wie eine gelernte Masseuse durch und nahm zwischendurch auch noch Telefonate auf. »Es ist Genosse Babajew«, sagte sie und blickte Kasutin an. »Mein Gott, ist der aufgeregt!«

Kasutin nahm den Hörer und hustete hinein, weil Dunja ihre zarten Hände wieder in seinen Rückenmuskel hieb. »Ich ahnte Schlechtes, Nikita Romanowitsch«, sagte Kasutin.

»Er war eben da, hat die Fotos abgeholt und ist weggefahren in die Wälder. Vor meinen Augen hat er sie ausgepackt und betrachtet. Völlig schamlos. Geradezu verzückt. Ich hatte schon die Befürchtung, er würde die Bilder auffressen.«

»Das ist es!« sagte Kasutin feierlich. »Wir haben es ja analysiert: Er ist pervers. Auf eine gefährliche Art. Bei ihm schwappt die Perversion über und gefährdet die Umwelt. Was hat er noch gesagt?«

»Er bringt neue Filme. Sieben Stück.«

»Nein!« Kasutin war zusammengezuckt. »So eine Frechheit.«

»Mit schwellenden Matten.«

»Mäßige dich, Babajew.«

»Jankowski hat das gesagt. Ich glaube, Pjotr Dementijewitsch, es wird einen Skandal geben, der uns alle wie eine Lawine unter sich begräbt.«

»Warten wir ab, was Akif Victorowitsch erreicht. Bleib ganz ruhig, Nikita Romanowitsch, ganz beherrscht. Wir müssen einen klaren Kopf behalten. Vergessen wir nicht die Diagnose von Doktor Lallikow. ›Der Genosse Jankowski ist ein armer Mann‹, sagte er. ›Leidet an einer Form des Priapismus.‹ Ich weiß zwar nicht, was das ist, aber es muß ein schreckliches Leiden sein, so wie es Doktor Lallikow mit dumpfer Stimme ausgesprochen hat. Wir sollten alle unsere Fantasie aufbieten, um Victor Semjonowitsch zu helfen.«

Eine Stunde später besuchte Kasutin den dicken Zwetkow, um eine kleine Zeitbombe gegen Jankowski zu legen. Zwetkow saß in seinem Haus auf der Veranda, rauchte eine grusinische Zigarre, las den ›Neuen Morgen‹ und war mit sich zufrieden. Seine hübsche Frau Antonina Pawlowna lag in einem Liegestuhl unten im Garten, trug einen knappen Bikini, wie ihn in Nowo Korsaki nur noch die schöne Witwe Sitkina besaß, und hatte das linke Bein hoch in die Luft gestreckt. In dieser nicht gerade bequemen, aber attraktiven Haltung lakkierte sie sich die Zehennägel. Kasutin warf einen langen Blick auf dieses schöne Bild, das eigentlich verderbte westliche Lebensart ausdrückte, und setzte sich dann neben Zwetkow in einen weichen Korbsessel.

»Gut, daß Sie kommen, Pjotr Dementijewitsch«, sagte Zwetkow und hielt Kasutin die Zigarrenkiste hin. »Man belästigt mich.«

»Moment.« Kasutin biß die Spitze einer Zigarre ab, spuckte sie aus, entzündete die Zigarre und rauchte sie genußvoll an. Mit geschlossenen Lidern ließ er den Geschmack über seine Zunge fließen. So ist das, dachte er dabei. Um so zu leben, muß man den Staat bescheißen. Ein ehrlicher Parteisekretär kann sich nie eine ›Grusinische No. 1‹ leisten. Zertreten sollte man die Schmarotzer – aber wo stände unsere Wirtschaft jetzt, wenn wir sie nicht hätten? »Wer würde wagen, Sie, Genosse Zwetkow, zu belästigen?«

»Ein Anonymer. Ein Telefonbandit. Ein fernmündlicher Wegelagerer. Gestern spät am Abend.«

»Konnte nicht ein anderer gemeint sein?«

»Bin ich ein Idiot?«

Kasutin blies den Zigarrenrauch in kleinen Wölkchen über die Lippen. »Was sagte er denn?«

»Ich soll mich der interessanten Mühe unterziehen, meine Frau Antonina Pawlowna zu beäugen.«

Kasutin verschluckte sich am Rauch, hustete heftig, rang mit hervorquellenden Augen nach Luft und klammerte sich an der Tischkante fest. Erst nach ziemlich langer Erholungszeit war es ihm möglich, mit kratzender Stimme zu sagen: »Das ist allerdings ein starkes Stück.«

»Und um die Enthaarungscreme soll ich mich kümmern.«

Kasutin dankte seinem sonst immer geleugneten Gott, daß er in einem Sessel mit Seitenstützen saß. Er hatte das Gefühl, wegzurutschen ... die Anziehungskraft der Erde mußte sich plötzlich verzehnfacht haben.

»Was soll ... soll man davon halten?« stotterte er. »Welch absurder Gedanke! Was haben Sie, Rassul Alexejewitsch, mit Enthaarungscreme zu tun? Haha, wenn es nicht so blödsinnig wäre – man sollte darüber lachen.« Kasutin starrte plötzlich den fetten Zwetkow wie die Schlange das Kaninchen an. »Sie haben doch noch nie Enthaarungscreme gesehen, nicht wahr?«

»Wieso nicht?« Zwetkow lutschte böse an seiner Zigarre. Das späte Telefongespräch erregte ihn noch immer über Gebühr. »Lebe ich in einer Höhle? Natürlich kenne ich diese kosmetische Spezialität.«

»Dem Namen nach. Von der Reklame. Wir alle kennen sie, na klar!« Kasutin holte tief Luft. »Aber in der Hand gehabt?«

»Auch das«, sagte Zwetkow wie angewidert.

Kasutin flimmerte es vor den Augen. »Oha!« stotterte er, spitzte die Lippen und stieß einen unbeherrschten Pfiff aus. Sein Blick ging in Richtung Antonina Pawlowna. Sie lag im Garten da wie auf dem Gemälde eines großen alten Meisters. Kasutin dachte sich den Bikini weg und bekam einen rauhen Hals.

»Warum pfeifen Sie so dämlich, Pjotr Dementijewitsch?« fragte Zwetkow grob. »Sagen Sie mir lieber, was Sie unternehmen wollen. Wie schützen Sie ehrbare Bürger vor anonymen Telefonaten? Ich bin beleidigt worden. Meine Frau Antonina Pawlowna ebenfalls. Sie hätten das hören müssen, diese süffisante Stimme am Telefon.«

»Was halten Sie von Jankowski?« fragte Kasutin wie ein Flüchtender, der den Verfolgern einen ablenkenden Brocken hinwirft.

»Ein wahrer Freund. Warum?«

»Ein guter Fotograf.«

»Ein Künstler auf jedem Gebiet.«

»Dem ist beizupflichten.« Kasutin bemühte sich, wieder sein Gleichgewicht zu finden. »Was fotografiert er denn so?«

»Alles. Besonders meine Frau.«

»Ah!« Kasutin schluckte verlegen. »Interessant.«

»Interessant ist es.« Zwetkow strich sich verlegen über den gewaltigen Bauch. »Ist meine Frau nicht auch eine seltene Schönheit? Und fotogen? Victor Semjonowitsch hat Aufnahmen gemacht, die Gemälden gleichen. Er hat ein Auge für Beleuchtungen.«

»Das hat er wahrhaftig. Der große Künstler zeigt sich im Weglassen, und Jankowski läßt manches wegfallen ... Kopf, Haut und Haare ...«

Zwetkow blickte Kasutin verwundert an, wedelte sich dann mit seiner dicken Hand Luft aus der Richtung Kasutins zu und schüttelte den Kopf. »Kein Alkoholgeruch! Verzeihen Sie, Pjotr Dementijewitsch, aber einen Moment dachte ich, Sie seien durch ein Wodkafaß gekrochen. Sie reden ungewöhnlich verworren.«

»Sie kennen alle Fotos, die Jankowski von Antonina Pawlowna gemacht hat?« fragte Kasutin durchaus nicht beleidigt.

»Das weiß ich nicht. Die schlechten wird er mir nicht zeigen.«

»Und die besten?« Kasutin erhob sich, um seinen Aufbruch in die Wege zu leiten. Die Zeitbombe war gelegt, nun tickte ihre Uhr in der Seele des dicken Zwetkow.

»Die besten kleben in einem Album«, brummte Rassul Alexejewitsch. »Warum sind Sie eigentlich zu mir gekommen, Genosse Kasutin?«

»Ich wollte Ihnen sagen, daß wir vom Bezirk das Geld für einen Kindergarten bekommen.«

»Das ist nett, daß Sie mir diese Neuigkeit sofort überbringen«, antwortete Zwetkow mit größter Freundlichkeit. »Meine Pläne liegen schon seit Monaten in Magnitogorsk und sind genehmigt. In einer Woche beginne ich mit den Ausschachtungen. Das Projekt ist voll finanziert.«

Ein Blitz zerschmettere diesen Dickwanst, dachte Kasutin. Natürlich wußte der Kerl schon wieder vorher alles und hatte bereits seinen Profit in der Tasche, als wir noch ahnungslos waren. Was wären wir ohne Planwirtschaft?

»Wenn wir Sie nicht hätten, Genosse Zwetkow«, sagte Kasutin säuerlich.

»Auch die künstlerische Ausgestaltung ist genehmigt.« Zwetkow rieb sich die Hände. »An der Längswand der großen Halle wird ein Riesenfoto von Jankowski aufgezogen ...«

Kasutin stützte sich mit beiden Händen auf die Sessellehne. Seine Backenmuskeln malmten, aber er brachte keinen Laut hervor.

»Ein wundervolles Foto«, fuhr Zwetkow fort. »Ein Motiv aus der Heimat der Kinder. Eine Allegorie: Hügelland und Niederung ...«

Kasutin nickte schwer. Er verließ Zwetkows Haus, setzte sich in seinem Dienstwagen hinter das Lenkrad und legte den Kopf nach hinten auf die Rückenlehne. So blieb er eine Weile sitzen, wie jemand, dem man im Auto die Kehle durchgeschnitten hatte.

Wie ist Nowo Korsaki noch zu retten, dachte er. O Himmel, welch völlige Überrollung! Und keiner hätte es gemerkt, wenn uns nicht die unanständigen Fotos vor die Augen geraten wären. Eine spätere Generation wird einmal Babajew und Kasutin als Befreier verehren.

Es muß etwas getan werden! Der Jankowski-Virus hat ja schon die halbe Stadt verseucht!

Moses ging zum Berg, um seinem Volk neue Gesetze zu beschaffen. Väterchen Akif fuhr mit einem Moped zu einer steinigen Schlucht im Wald, um dem Geologen Jankowski ins Gewissen zu reden.

Es ist bibelkundig, daß Moses, als er vom Berg zurückkam, sein Volk um das Goldene Kalb tanzen sah. Der Pope Mamedow erstarrte in heiligem Zorn, als er

Jankowski nicht allein in der Schlucht vorfand. Rimma Ifanowna, die rote Schönheit mit dem reduzierten Gehirn, war bei ihm.

»Es ist so«, sagte Akif mit seiner dröhnenden Stimme, die in der Schlucht sogar widerhallte, »daß ich nicht stören wollte. Ich hatte in Erinnerung, daß Sie allein Ihre Studien treiben, mein Sohn.«

Er sah sich um und entdeckte, daß Jankowski sich sogar eine Holzhütte gebaut hatte, ein primitives Gebilde allerdings, das aus einem Dach mit Seitenpfählen bestand. Es handelte sich also mehr um einen Schutz gegen plötzliches Unwetter als um eine Unterkunft. Immerhin stand ein Klappbett unter dem Dach, und eine Kiste diente als Tisch. Von einem Bett aber geht immer eine moralische Prüfung aus, wenn es so allein steht und besonders hübschen Mädchen ins Auge fallen muß.

»Kommen Sie herunter, Väterchen!« rief Jankowski und zeigte auf eine Leiter, die an der Steilwand lehnte. »Wenn Sie aber schwindlig sind, komme ich hinauf zu Ihnen!«

»Der ständige Umgang mit dem Himmel macht mich schwindelfrei«, erwiderte Akif würdevoll. »Ich komme zu dir, mein Sohn, und wenn du in der Höllenspalte wohnst! Ich *muß* zu dir – da gibt es keine Hindernisse.«

Er kletterte die Leiter hinab, strich, unten angekommen, seinen Bart zurecht und blickte tadelnd auf Rimma Ifanowna. Zwar war sie ordentlich gekleidet und hinterließ in keiner Weise den Eindruck von überraschter Verwerflichkeit, aber die Frage blieb offen, was eine Korbflechterin in der steinigen Grube eines Geologen zu suchen hatte. Eine berufliche Interessengemeinschaft war auf jeden Fall zu verneinen.

»Muß sie dabei sein?« fragte er streng und zeigte auf

Der Pope Mamedow erstarrte in heiligem Zorn, als er Jankowski nicht allein in der Schlucht vorfand.

Rimma wie auf eine neugierige Ziege. »Ist sie bei deiner Arbeit sehr vonnöten? Das zu beurteilen, obliegt nicht mir, mein Sohn.«

»Rimma Ifanowna gab mir einen Hinweis«, sagte Jankowski.

»Soso.«

»Sie zeigte mir einige bisher unbeachtete Stellen.«

»Aha.« Akifs Bart sträubte sich. Der Pope war versucht, Rimma niederknien und ihre Reue laut aussprechen zu lassen, aber in Anbetracht der anderen wichtigen Klärungen verzichtete er auf strengere Gewissenserforschungen. »Das gute Mädchen!«

»Ich bin sehr zufrieden mit ihr.«

Akif Victorowitsch bezwang sich, diese Ungeheuerlichkeit ruhig zu schlucken. Es war schon eine enorme Leistung von Selbstbezwingung damit verbunden, Rimma mit umflorten Augen anzusehen und sich vorzustellen, wie dieses herrliche Geschöpf sich im Wald, in einer Steinschlucht, auf einem Klappbett unter einem Holzdach frohgemut vergaß. In Mamedows Händen zuckte es. Der heilige Zorn drängte ihn geradezu, mit Jankowski eine Schlägerei anzufangen. Er griff sich an die Brust, fühlte unter dem Priesterkleid den länglichen, harten Gegenstand und war zufrieden. In der Notwehr ist eine Pistole immer der beste Freund. Die Zeit der Märtyrer ist vorbei ... oder besser gesagt: Man soll Seligsprechungen solcher Art tunlichst aus dem Wege gehen.

Akif wartete, bis Rimma Ifanowna die Leiter hinaufgeklettert war, wobei sie viel Bein und Schenkel zeigte, dann hörte man das Knattern eines schweren Motorrades. Jankowski ging unter das Dach zu dem Klappbett.

»Nun sind wir allein«, sagte er.

»Ja, nun sind wir allein.« Der Pope kam auch unters Dach, zögerte, mied das Lasterlager und setzte sich auf die Kiste. »Eine große Stunde.«

Victor Semjonowitsch sah Akif Victorowitsch fragend an. Dieser faltete die Hände.

»Wir sollten offen miteinander sprechen«, begann er in gütigem Ton. »Mein Sohn, wir haben beide die gleichen Namen ... das sollte uns verpflichten und einander näherbringen. Jegliche Lüge sollte von uns abfallen, die Reinheit einer Taube sollte unserem Gemüt eigen sein, die Brüderlichkeit sollte unsere Herzen öffnen.« Er beugte sich vor und starrte Jankowski wie ein Gewürgter an. »Was hast du mit Stella Gawrilowna getan, mein Sohn?«

»Sie versorgt mich mit frischen Blumen«, antwortete Jankowski freimütig.

»Und sonst?«

»Ab und zu mit Töpfen.«

»Und darüber hinaus?«

»Sie ißt so gerne Blinis mit Essigpilzen. Da habe ich sie zum Essen eingeladen. Ich habe eine besondere Art, Blinis zu backen ...«

»Nicht nur das!« unterbrach Väterchen Akif gereizt. »Was war mit der japanischen Kirsche?«

»Damit? Stella Gawrilowna besorgte sie mir. Hat sich das schon herumgesprochen?«

»Und wie es sich herumgesprochen hat!« erklärte Mamedow mit Betonung.

»Ein Prachtexemplar.« Jankowskis Miene strahlte. »Wenn man sie richtig pflegt, entwickelt sie eine Blüte.«

Väterchen Akif tastete nach seiner Pistole unter dem Kittel und seufzte verzweifelt. Er wußte, welch ein Prachtexemplar Stella Gawrilowna war, dazu benötigte man nicht die Erkenntnis eines Jankowski. Aber es war interessant zu erfahren, welcher besonderen Pflege es bedurfte, sie noch mehr aufblühen zu lassen. In Mamedows Innerem spannte sich alles, als er fragte: »Gehört Fotografieren dazu?«

»Selbstverständlich habe ich sie auch fotografiert«, erwiderte Jankowski ahnungslos. »So etwas muß man im Bild festhalten! Ich fotografiere alles, was mit Schönheit zusammenhängt. Wir sind ja eine Gemeinschaft der Blinden, wir sehen gar nicht mehr, wieviel Herrlichkeit es um uns herum gibt. Die kleinsten Dinge, und mögen sie noch so nackt sein, verbergen in ihrer Form einen Rhythmus.«

Mamedow zuckte schmerzhaft zusammen. In seinem Kopf brodelte es. Welche Schamlosigkeit! Welche Infamie!

»Ich will ein Buch über die Schönheit herausbringen«, fuhr Jankowski fort. »Über die unbemerkte Schönheit um uns herum. Die Vollendung der Nichtigkeiten. Haben Sie schon mal einen einfachen Pflasterstein genau betrachtet, Väterchen? Oder einen Pflaumenkern? Dieses Wunder der Natur? Oder ein Stück Birkenrinde? Oder einen Käfer, der ein Blättchen zersägt? Das sind Wunder, an denen wir achtlos vorbeigehen.«

»An Stella Gawrilowna geht niemand achtlos vorbei«, sagte Akif rauh. »Sie kommt auch in dein Buch, mein Sohn?«

»Vielleicht. Die Auswahl der Fotos nehme ich erst im Winter vor. Vorläufig suche und fotografiere ich noch.«

»Aha. Es geht also so weiter?«

»Es soll ein besonderes Buch werden, Väterchen.«

»Das wird es bestimmt.«

Akif Victorowitsch kämmte mit beiden Händen seinen Bart. »Hast du keine Angst, daß dir bei der Ausübung deines Berufes etwas zustößt?«

»Damit muß man immer rechnen.«

»Du gehst gefahrvolle Wege, mein Sohn.«

»Im Augenblick nicht. Rimma Ifanowna hat mich auf etwas hingewiesen, das sie von ihrem Vater weiß und das in keiner Karte verzeichnet steht: Hier in der Gegend muß es ein kleines Bergwerk gegeben haben. Ein winziges nur, betrieben von ein paar Abenteurern, bis der letzte wegstarb. Sie schürften nach Edelsteinen. Diamanten! Rimma weiß die genaue Stelle nicht, aber diese muß hier in den engen Schluchten zu finden sein. Ich habe genug zu tun.«

Akif hatte wenig Interesse an Steinfunden, er hörte nur heraus, daß Jankowski entgegen aller Vermutungen nicht so bald abreiste.

»Du bleibst also noch länger hier?« fragte er.

»Nowo Korsaki ist ein idealer Ort. Geologisch interessant ... und ich habe daneben auch noch Zeit genug, mein Fotobuch herauszubringen. Später will ich einen Erlebnisbericht schreiben.«

»Auch das noch! Du bist ein fleißiger Mensch!« Väterchen Mamedow atmete heftig. »Alle Erlebnisse?«

»Ja. Man wird staunen.«

»Das ist zu erwarten. Victor Semjonowitsch, ich werde für dich beten müssen. Du wandelst auf gefährlichem Pfad. Warum beschränkst du dich nicht darauf, Diamanten zu suchen?«

Jankowski betrachtete den Popen mit Ehrfurcht und in stillem Staunen. Ihm war völlig unklar, was Akif mit seinem Gerede ausdrücken wollte. Noch weniger verstand er, daß sein Beruf so gefährlich sein sollte. Zugegeben, es konnte vorkommen, daß ein alter Stollen einstürzte und man verschüttet wurde, aber dagegen traf man Vorkehrungen, indem man die Gänge erst einsturzsicher abstützte, ehe man in die Tiefe vordrang. Immerhin war es rührend, daß der Pope sich um sein Wohlergehen solche Sorgen machte und ihn extra in der Schlucht aufsuchte. Vom Fotografieren schien Väterchen Akif allerdings gar nichts zu halten, obgleich Jankowski ihm einige sehr gute Bilder der Kirche geschenkt hatte, die auch bei ihm an den Wänden hingen, zusammen mit den Aufnahmen von Babajew. Der Plan mit dem Fotobuch begeisterte ihn offensichtlich dennoch nicht.

»Vielleicht werde ich später nur noch Bücher herausbringen«, sagte Jankowski ahnungslos. »In der künstlerischen Fotografie liegt eine große Zukunft.«

Akif Victorowitsch brachte es nicht übers Herz, Jankowski jetzt und hier niederzuschießen und dann ein großes Geschrei anzustimmen, eine Bande von Wilderern habe den guten Mann ermordet. Ja, wäre es zum Streit gekommen, hätte man im rasenden Zorn gehandelt, wäre das Blut in den Adern zum Wildbach geworden; hätte Jankowski z.B. Einzelheiten seiner Exzesse mit Stella Gawrilowna preisgegeben, dann hätte Mamedow seine Pistole gezogen und ohne Reue abgedrückt. Aber nichts dergleichen war ja geschehen. Jankowski war ein freundlicher Junge, erzählte von seinen Plänen, erklärte unbefangen, daß es hier Diamanten geben könne, kündigte seinen Erlebnisbericht an ... Väterchen Akif sah sich außerstande, bei soviel Freundlichkeit zu töten. Der Bursche war von einer solch teuflischen Brüderlichkeit, daß Akifs Hand davon gelähmt wurde.

Der Pope erhob sich, schlug das Kreuz über dem Kopf Jankowskis und ging zur Leiter zurück.

»Es war eine lehrreiche Stunde«, sagte er dabei. »Man kann nie genug Erkenntnisse sammeln. Wann, sagtest du, willst du dein Fotobuch über die Schönheit zusammenstellen?«

»Im Winter. Wenn Grabungen unmöglich werden.«

»Bis dahin wirst du sicherlich vieles fotografiert haben?«

»Ich rechne mit einer Auswahl aus ungefähr zweitausend Fotos.«

Väterchen Mamedow blieb die Luft weg. Wie oft wird er Stella Gawrilowna dann noch vor der Linse haben, dachte er mit stockendem Puls. Wieviel Qual wird noch über uns kommen? Ist das zu ertragen?

Es wird sich doch nicht vermeiden lassen, ihn bei einer günstigen Gelegenheit unschädlich zu machen. Das könnte möglich sein, wenn er das alte, vergessene Bergwerk gefunden hat.

So schnell es ihm sein Moped erlaubte, fuhr Mamedow nach Nowo Korsaki zurück und fiel bei Dr. Lallikow ein. Der Arzt hatte gerade die Nachricht bekommen, daß dem dicken Zwetkow ein anonymer Anrufer von einer Enthaarungscreme erzählt hatte, und daß Rassul Alexejewitsch daraufhin außer Rand und Band geraten war. Er hatte Kasutin angeblafft und war nun bei Apotheker Dudorow vorstellig geworden, um ihn anzuschreien, das Apothekergeheimnis sei bei ihm wohl einem löcherreichen Käse gleichzusetzen. Dudorow war dem Weinen nahe gewesen und hatte gerade Dr. Lallikow angerufen.

»Er schreibt ein Buch!« schrie nun auch Väterchen Akif

So schnell es ihm sein Moped erlaubte, fuhr Mamedow nach Nowo Korsaki zurück ...

in höchster Erregung und ließ sich auf einen der Stühle fallen. »Einen Erlebnisbericht über Nowo Korsaki! Und er bringt ein Fotobuch heraus! Unbemerkte Schönheit! Dafür will er weiter fotografieren! Zweitausend Bilder!«

»Ich sage es ja«, konstatierte Dr. Lallikow. »Ein Hyper-Sexualismus! Dieser Mensch wird nur vom Genital regiert!«

»Es muß etwas geschehen«, stöhnte Mamedow. »Wir können da nicht ruhig oder nur mit wissenschaftlichem Interesse zusehen. Die Verseuchung darf nicht wachsen. Wir dürfen uns nicht damit begnügen, die armen Opfer zu verbannen; wir müssen das Übel an der Wurzel ausrotten.«

»An der Wurzel! Sie sprechen es aus, Akif Victorowitsch!« Dr. Lallikow holte Wodka und zwei Gläser und setzte sich dem Popen gegenüber. »Berichten Sie von Ihrem Gespräch mit diesem Super-Faun. Wie trafen Sie ihn an?«

»Rimma Ifanowna war bei ihm.«

»Was?« Lallikow zuckte hoch. »Die rote Göttin?«

»Sie hat ihm etwas gezeigt ...«

»Spannen Sie mich nicht auf die Folter!« sagte Lallikow hitzig und goß Wodka ein. »Berichten Sie alles der Reihe nach! Legen Sie Wert auf Detailschilderungen, Väterchen ...«

Am Abend empfing Zwetkow mit umwölkter Stirn seinen Gast. Jankowski war zum Essen eingeladen, präsentierte der Dame des Hauses, der schönen Antonina Pawlowna, einen bunten Blumenstrauß, den Stella Gawrilowna ausgesucht und gebunden hatte (was Akif Mamedow eine Viertelstunde später wußte, allerdings nur: Jankowski war bei Stella!), und brachte Klavierauszüge von drei Opern mit. Antonina und Jankowski wollten an diesem Abend wieder einige Duette singen und die Möglichkeit besprechen, ob man nicht zur Feier der Oktoberrevolution im Parteihaus von Nowo Korsaki ein Konzert geben könne. Der bereits befragte Lehrer der 3. Klasse, ein Genosse Pluntikow, hatte begeistert zugesagt, die Zwetkowa und Jankowski auf dem Klavier zu begleiten. Hatte man genug Zeit zum Üben, konnte sogar das Komsomolzen-Orchester die Begleitung übernehmen. Dann klang es wirklich wie im Opernhaus.

Zwetkow begrüßte Jankowski wie immer mit innigen Wangenküssen, auch Antonina Pawlowna bekam von Jankowski ihre Schmätzchen mit, aber dann, bei der Suppe, einer Orkoschka mit Hühnerschnitzeln, wurde es ernst.

Zwetkow sagte muffig: »Einen Rat, bitte, mein liebster Victor Semjonowitsch: Was kann man gegen Indiskretionen tun?«

Jankowski, wie immer völlig außerhalb des Geschehens und deshalb mit einer Aura aus Naivität umgeben, antwortete: »Man muß den Übeltäter zur Rede stellen.«

»Das habe ich. Er leugnet.«

»Ein Feigling.«

»Ein verfilzter Hofhund.«

»Haben Sie Beweise?«

»Nein.«

Jankowski wurde etwas unruhig. »Das ist schlecht, Rassul Alexejewitsch. Ohne Beweise keine Möglichkeit des Vorgehens.«

»Es kann nur vom Übeltäter selbst kommen.« Zwetkow atmete pfeifend. Das war ganz normal – Herz, Lunge, Luftröhre, Hals, alles war verfettet. »Es ist eine medizinische Indiskretion.«

»Doktor Lallikow? Unmöglich! Er würde nie ...«

»Dudorow«, sagte Zwetkow wie aus dem Grab.

»Unser Apotheker?« Jankowski sah zu Antonina Pawlowna hinüber. Sie nickte und hatte verhangene Augen vor Kummer. »Akbar Nikolajewitsch ist ein untadeliger Mann.«

»Das dachte ich auch. Ein anonymer Anrufer in der Nacht aber säte erste Zweifel, und dann erschien auch noch Kasutin und machte Andeutungen. Ich bin in einem Zustand, den kann ich Ihnen gar nicht beschreiben. Ich fühle mich von allen angestarrt. Sie haben noch nichts gehört, teurer Freund?«

»Absolut nichts. Dabei kenne ich viele Bürger ...«

»Es ist furchtbar.« Zwetkow wischte sich mit der Serviette über das feiste Gesicht, wartete, bis nach der Suppe die Pastetchen mit Hasenfleisch aufgetragen wurden, und stocherte verdrossen in dem herrlichen Essen herum. »Victor Semjonowitsch, Sie als unser bester Freund sollen es wissen, Ihnen vertraue ich es an, als einzigem außer meiner Frau, bei Ihnen wird es im Herzen vergraben sein: Ich beziehe eine Enthaarungscreme.«

Zwetkow wartete auf eine Reaktion, starrte Jankowski forschend an, aber Jankowski zerteilte seine Hasenpastete und aß genießerisch eine Gabel voll.

Erst dann sagte er leichthin: »Mit solchen chemischen Mitteln sollte man vorsichtig sein. Die können der Epidermis schaden.«

»Ist das alles?« antwortete Zwetkow, über den Tisch stierend.

»Das ist genug, wenn überall Pickel entstehen.«

»Ich meine, ist das alles, was Sie dazu zu sagen haben? Es verwundert Sie nicht?«

»Nein. Warum?«

»Rasieren ist normal. Aber Creme?«

»Sie werden Ihre Gründe haben, Rassul Alexejewitsch.«

»Die habe ich. Seit vier Jahren leide ich unter einem abnormen Haarwuchs unter den Achseln. Dr. Lallikow hatte dafür viele lateinische Erklärungen, aber darauf pfeife ich. Ich weiß nur: Wenn ich mich nicht enthaare, kann ich mir zweimal pro Jahr Zöpfe unter den Achseln flechten. Ich war schon bei allen Spezialisten. Was sagen sie? Eine hormonelle Störung. Aber was habe ich davon, wenn ich weiß, wie das heißt? Die Haare wachsen und sind nicht zu bändigen. Selbst mit der Creme ist das immer nur eine gewonnene Schlacht, kein gewonnener Krieg. Auf der Packung steht: ›Vernichtet in die Tiefe bis zu den Haarwurzeln.‹ – Welche falschen Töne! Bei mir jedenfalls. Bei mir lachen die Haarwurzeln über die Creme. Sie geben zwar jeweils die Wolle her, lassen sie jedoch wieder nachwachsen.«

Zwetkow lehnte sich zurück. Seine Erschütterung war deutlich, und sie war ihm nachfühlbar. Wer hat schon gerne Zöpfe in den Achselhöhlen? »Stellen Sie sich meine Situation vor«, fuhr er kurzatmig fort. »Mein bester Victor Semjonowitsch. Ich leide unter dem teuflischen Haarwuchs, und da ruft ein Anonymer an und schleudert mir mein Geheimnis ins Gesicht. Und Kasutin grinst mich an wie ein Faun. Urteilen Sie, mein Freund: Bin ich nicht entehrt?«

»Jetzt sieht die Sache schon anders aus«, sagte Jankowski und setzte vorsichtig hinzu: »Aber man sollte einen klaren Kopf behalten.«

»Der Anrufer hat auch noch etwas anderes gesagt, Rassulenka«, warf Antonina Pawlowna ein. »Vergiß es nicht.«

»O nein!« Zwetkow ballte die Fäuste. »Der Kerl sagte dann auch noch: ›Unterziehen Sie sich der interessanten Pflicht, und beäugen Sie Ihre Frau.‹ Das nahm mir glatt den Atem. Das war der Beweis, daß er genau über mein Leiden Bescheid weiß. Er forderte mich zum Vergleich heraus. Sehen Sie nur Antoninas langes, schönes Haar ... und dieser Schuft vergleicht es mit meinem Leid.«

»Die Schlechtigkeit der Menschen ist erschreckend«, sagte Antonina Pawlowna. »Ich hätte nie gedacht, daß in unserer kleinen, schönen Stadt solche bösen Elemente leben. Victor Semjonowitsch, nun wissen Sie alles ... wie sollen wir uns verhalten?«

Jankowski aß seine Pastete zu Ende, trank einen Schluck Krimwein und tupfte sich die Krümel aus den Mundwinkeln. »Mein Rat wäre: ignorieren; Stolz zeigen, Erhabenheit gegenüber einer verfallenden Welt. Sie sind Zwetkow, Rassul, Alexejewitsch! Sie sind unangreifbar! Der Anonyme *wollte* Sie ja aufregen – tun Sie ihm nicht den Gefallen. Gehen Sie in die Offensive: Loben Sie öffentlich, in der Apotheke Dudorows, die Enthaarungscreme.«

»Ha! Das ist ein Gedanke! Victor Semjonowitsch, Sie sind ein Freund, nicht mit Gold aufzuwiegen. Ich möchte Sie küssen wie einen Bruder.« Zwetkow breitete die Arme aus. In solchen Augenblicken faltete ein Uneingeweihter still die Hände und wartete darauf, daß Zwetkow einem Schlaganfall erlag. »Ja, so mache ich es. Was hätte ich zu verlieren? Bin ich ein anderer Mensch mit oder ohne Haare? Ich werde es ihnen zeigen. Jankow-

»Ich möchte Sie küssen wie einen Bruder!«
Zwetkow breitete die Arme aus.

ski, Brüderchen, Sie haben mir mein Selbstvertrauen wiedergegeben.«

Um seine Wandlung zu beweisen, wälzte er sich zum Telefon und rief den Apotheker Dudorow an. Der arme Akbar Nikolajewitsch erschrak bis ins Mark, als er schon wieder Zwetkows Stimme vernahm, und lehnte sich mit schwachen Knien an die Wand.

»Wissen Sie, was eine hormonelle Störung ist?« schrie Zwetkow.

Dudorow verdrehte die Augen und verfluchte den schwatzhaften Kasutin. Mit vorsichtiger Stimme antwortete er: »Genosse Zwetkow, wir sollten darüber in aller Ruhe reden ...«

»Ich habe eine! Mir wachsen wallende Haare dort, wo ich sie nicht gebrauchen kann. Können Sie sich das vorstellen?«

»Ja«, krächzte der Apotheker Dudorow, nur irrte er sich gedanklich in der Richtung.

»Und ich bekämpfe den Wald mit Creme.«

»Warum sagen Sie mir das, Genosse?« stammelte Dudorow.

»Damit Sie das Mittel weiterempfehlen können, Akbar Nikolajewitsch«, antwortete aufgeräumt Zwetkow. »Es könnte ja jemand zu Ihnen kommen, der auch Mühe mit solchem Haarwuchs hat. Nennen Sie mich als Referenz, ich habe nichts dagegen.«

Er warf den Hörer auf die Gabel, drehte sich zu Jankowski und Antonina Pawlowna um und blähte sich auf. »Wie war das?« fragte er. »War das richtig? Hat das hingehauen?«

»Du warst fantastisch!« rief Antonina und klatschte in die Hände. »Grandios! Man muß dich bewundern!«

»Und jetzt das Dessert!« verlangte Zwetkow. »Vanille-Eis mit kandierten Preiselbeeren! Und ein Mokka-Likörchen! Ha – fühle ich mich befreit!«

Eine Stunde später sangen Jankowski und Antonina Pawlowna ihre Duette. Jankowski begleitete sie beide selbst am Klavier.

Es klang sehr gut, die Liebesszenen spielten sie mit aller gebotenen Diskretion – es war wirklich nur die Kunst, die sie zusammenführte.

Zwetkow hing in einem tiefen Sessel, hatte die Augen geschlossen und schlief. Satt, zufrieden, erlöst.

Kasutin hingegen wurde bestraft. Da er die Liste der Verdächtigen besaß, wurde er von Dr. Lallikow aus dem Bett aufgescheucht.

»Streichen Sie sofort Antonina Pawlowna!« bellte der Arzt. »Sie hat dort nichts zu suchen! Ihre Ehre steht außer jedem Zweifel! Ich verbürge mich als Arzt dafür!«

»Sie haben sie heute untersucht, Genosse?« Kasutin kratzte sich das Kopfhaar.

»Ich weiß es!« schrie Lallikow. »Mein Erinnerungsvermögen hatte nur nachgelassen!«

Verwirrt ließ Kasutin den Telefonhörer fallen.

4

In der Chronik von Nowo Korsaki verzeichnete man bisher sechs Überfälle, die Ruhestörungen in diesem paradiesischen Ort darstellten. Da war zunächst der historische Kosakeneinfall, der nach einiger Zeit dank der Aktivität und der Vorzüge der korsakischen Frauen kläglich in Desertion und Kolonisation endete und dem kleinen Ort zu einem unerwarteten Aufschwung verhalf. Die Überfälle Nr. 2 – 4 gingen auf das Konto herumstreifender Banden ausgebrochener Sträflinge und Abenteurer, die Sibirien als das große Land der Freiheit ansahen, wo jeder jeden umbringen konnte, wenn daraus nur Nutzen zu ziehen war. Diese Überfälle endeten ebenfalls kläglich. Die Nachkommen der Kosaken setzten den Banditen nach, fingen sie ein, gruben sie bis zum Hals in die Sümpfe ein, bestreuten ihre Häupter mit Zucker und wünschten dann den Delinquenten alles Gute.

Nach zwei Wochen waren die Köpfe von riesigen Mückenschwärmen und Ameisenheeren abgenagt, und auch Füchse und Marder hatten die Abwechslung im Speiseplan geschätzt.

Überfall Nr. 5 war ein Irrtum: Rote Revolutionstruppen durchzogen das Gebiet von Nowo Korsaki, fanden es sehr destruktiv, daß im ganzen Ort keine rote Fahne aufzutreiben war, dagegen eine Kirche ihre Augen beleidigte, plünderten als Beitrag zur Aktion ›Befreiung vom Zarenjoch‹ den Ort und schenkten ihm dann eine rote Fahne. Sie stand noch heute im Parteihaus. Kasutin blickte sie ab und zu sinnend an und hütete sich, sie bei offiziellen Feiern ans Licht zu tragen.

Der sechste Überfall galt einem Transport. Aus Magnitogorsk hatte man die Lieferung von Strümpfen, Pullovern, warmen Hosen und anderen schönen Dingen angekündigt. Nowo Korsaki freute sich schon Tage im voraus auf diesen Segen der Planwirtschaft, der nun endlich auch diesem Teil Sibiriens zuteil werden sollte – aber der Lastwagen kam nie an. Suchtrupps, die verzweifelt die Gegend durchkämmten, entdeckten endlich den völlig ausgeraubten Wagen in einer Schlucht, doch auch die beiden Fahrer blieben verschwunden, was sehr verwunderlich war. Im allgemeinen läßt man Tote bei solchen Überfällen liegen. Man hat gar keine Zeit, sich um eine Beseitigung zu kümmern. So ergab sich also der Verdacht, daß die beiden Fahrer selbst das große Geschäft gemacht hatten und nun irgendwo im Süden zufrieden lebten. Da aber die nächste Sonderzuteilung für das Magazin in weiter Ferne lag, betrachtete man den sechsten Überfall als einen der schlimmsten, denn der Verzicht auf warme Unterhosen schmerzt jeden.

Und nun geschah in Nowo Korsaki der siebte Überfall. Eine kleine Sache, mehr intim und privatim, aber immerhin ... Eine unbekannte Anzahl von Eindringlingen warf sich in tiefer Nacht auf den in seinem Bett schlafenden Geologen Jankowski, stülpte ihm einen Sack über den Kopf, fesselte ihn und stieß ihn aufs Bett zurück. Das geschah alles sehr schnell, fast lautlos, und

Jankowski war auch viel zu überrascht, um an sofortige Gegenwehr zu denken. Bis er die Überlegenheit seiner sportlichen Muskeln ausspielen wollte, war er bereits bewegungsunfähig. Um Hilfe zu schreien, war ihm zuwider ... erstens hätte es niemand gehört, und zweitens paßte es nicht zu seinem Charakter.

Er wartete, lag still, lauschte auf verräterische Geräusche, hörte Männer keuchen und hüsteln, schnaufen und murmeln. Stiefel scharrten, jemand setzte sich ächzend und rieb sich die Hände an den Hosenbeinen.

»Wenn ihr glaubt, Genossen, bei mir sei ein Haufen Rubel zu holen, dann kennt ihr nicht den sozialen Status eines kleinen Geologen«, sagte Jankowski, als niemand einen Laut von sich gab. »Mich ausrauben zu wollen, ist geradezu lächerlich.«

»Wo haben Sie die Bilder?« fragte eine dumpfe, sichtlich verstellte Stimme. Es war die von Väterchen Akif, der eine Nuß zwischen die Zähne geklemmt hatte, um jegliche Ähnlichkeit mit seiner normalen Stimme zu unterbinden. Dr. Lallikow hatte sich vorgenommen, mit einer Fistelstimme zu sprechen. Kasutin wollte grunzen. Babajew, der vor Angst zitterte, hatte sich für eine dünnere Frauenstimme entschieden.

»Welche Bilder?« fragte Jankowski ehrlich erstaunt.

»Ihre Fotos.«

»Meine künstlerischen Aufnahmen?«

»Eben diese«, fistelte Dr. Lallikow.

Jankowski dachte angestrengt nach. Daß ihn jemand überfiel, um seine Fotos zu stehlen, war mehr als idiotisch. Was sollte jemand, der nicht auch ein Buch wie er plante, mit einem fotografierten Kieselstein oder einem vergrößerten Fliegenbein anfangen? Da konnte es sich nur um einen Irrtum handeln ... der Sinn des Überfalls hatte eine andere Richtung, aber welche? Oder vermutete man politische Fotos bei ihm? Glaubte man, er mache Spionageaufnahmen?

Jankowski wurde hellwach unter seinem ihm über den Kopf gestülpten Sack. Er kannte nicht die Methoden des KGB, aber er wußte, daß solche Maßnahmen, wie sie jetzt an ihm angewendet wurden, nicht zur Verhörpalette gehörten. Wenn es um die Fotos ging, um diesen speziellen Verdacht, dann konnten es nur Regimegegner sein, die bei ihm nutzbare Geheimnisse vermuteten.

»Ihr könnt sie euch ansehen, Genossen«, sagte Jankowski. »Sie liegen in den beiden Schubladen der Kommode. Aber laßt sie bitte sortiert. Ich habe sie schon zu Themen zusammengefaßt.«

Väterchen Akif und Kasutin nickten sich zu. Während Dr. Lallikow und Babajew den Gefesselten bewachten, sichteten nun Akif und Kasutin die Fotoabzüge, hielten die Negative gegen eine Lampe und kamen dabei ins Schwitzen.

Was sie suchten, war nicht darunter. Zwar gab es Fotos von Rimma Ifanowna, Stella Gawrilowna, Galina Iwanowna, der schönen Witwe Sitkina, der Zwetkowa und sogar von Dunja Sergejewna und auch noch von vielen anderen Mädchen aus dem Ort, aber sämtliche Aufnahmen waren so harmlos wie die Fotos von Kuhaugen oder den Staubgefäßen einer Lilie. Alle Damen waren sittsam angezogen, immer mit Blumen garniert, lächelten mehr oder weniger dumm, standen, saßen, hockten, knieten in den verschiedensten Haltungen herum und strengten sich an, Eingang in das Fotobuch von Jankowski zu finden.

Akif Victorowitsch wandte sich zum Bett und rollte seine Nuß zwischen den Zähnen. »Wo sind die anderen Fotos?« fragte er dumpf.

»Welche?« fragte Jankowski zurück. »Ich weiß ja nicht, was ihr angesehen habt, werte Genossen.«

»So ziemlich alles«, keuchte Kasutin. »Bis auf die Mappen 23 und 24.«

»Da sind nur Aufnahmen vom Salzsee drin.«

»Und die anderen?« fistelte Dr. Lallikow.

»Ich habe keine Ahnung; was ihr sucht.«

»Die Nacktaufnahmen«, piepste Babajew.

»Welche Nacktaufnahmen?« fragte Jankowski, nun wahrhaftig mehr betroffen als verwundert.

»Das wissen Sie schon«, brummte Väterchen Akif.

»Ihr verwirrt mich total, Genossen. Ich weiß wirklich nichts von einer Nacktaufnahme.«

»Sie wissen nichts von einer Aufnahme einer nackten, rasierten, enthaarten Frau?« Kasutin schwitzte vor Erregung wie ein gejagter Gaul.

»Von Stella Gawrilowna?« stieß Mamedow nach und verkrampfte die Hände ineinander.

»Wieso soll die rasiert sein? Gerade weil sie so schöne schwarze Haare hat, habe ich sie fotografiert, ebenso wie ich Rimma Ifanowna und viele Mädchen und Frauen fotografiert habe. Ich will eine Gegenüberstellung machen: Die Schönheit der Natur – die Schönheit des Menschen. Ihr glaubt gar nicht, wieviel Schönheit es in Nowo Korsaki gibt.«

»Wir wissen es«, grunzte Kasutin. »Wo sind die Nacktaufnahmen?«

»Ich habe keine Nacktaufnahmen!« beteuerte Jankowski zum wiederholten Male. »Was wollt ihr überhaupt?«

»Es gibt Bilder mit einer Frau ohne Kopf.«

»Nein! Nicht von mir!«

»Wie er lügt!« fistelte Dr. Lallikow. »Infam! Nur Körper! Glatt, unbehaart! Wie er lügt!«

Durch Jankowski fuhr ein Blitz der Erkenntnis. Er zögerte, sagte sich, daß so etwas nicht möglich sei, aber daß er hier gefesselt lag, bewies ihm, daß nichts zu irrsinnig war, als daß es von Menschen nicht dennoch in Szene gesetzt werden konnte.

»Nein ...«, sagte er stockend. »Genossen ... wenn ihr das meint ... O Gott, ist das möglich? Ihr lieben Brüder, wenn ich gleich das Bett nässe, dann deshalb, weil mir vor Lachen die Blase platzt. Nein, das kann doch nicht sein!«

Jankowski lachte plötzlich, sein gefesselter Körper bebte, sein vom Sack verhüllter Kopf schlug in das Kissen. Kasutin und Dr. Lallikow starrten sich an, Väterchen Akif stand am Fenster und blickte stumm in die Nacht, Babajew hockte auf einem Stuhl und knackte mit den Fingergelenken.

»Benehmen Sie sich vernünftig!« fistelte Dr. Lallikow erregt und stieß Jankowski die Faust gegen die Rippen. »Was ist mit der Nackten ohne Kopf?«

»Der Kopf war nicht wichtig. Mir kam es auf die Körperformen an.«

»Natürlich. Keiner sollte die Witwe Sitkina erkennen.«

»Es handelt sich nicht um Alla Filippowna«, lachte Jankowski.

»Dann doch um Stella Gawrilowna?« stöhnte Väterchen Akif.

»Nein, um die Puppe Leila.«

»Eine Puppe?« In der Stimme Dr. Lallikows klangen

Dr. Lallikow starrte den armen Babajew mit einem Blick an, der dessen Knochen erweichte.

Widerwillen und Ekel. »Er rutscht in die Sprache der Bordelle ab ... Puppe!«

»Zum Weinen!« stöhnte der Pope. »Ich kann nur sagen: zum Weinen!«

»Leila ist Teil eines ganz neuen, separaten Buches«, erklärte Jankowski und schüttelte sich immer noch vor Lachen. »Da habe ich gerade erst mit dem Sammeln begonnen. ›Die Kunst der Puppe‹, will ich das Buch nennen. Ich werde Fotos von Puppen bringen ... Puppen aus Porzellan, aus Plastik, aus Gips, aus Polyester, aus Ton, aus Zelluloid, eben aus allem, was heute zur Herstellung von Puppen herangezogen wird. Es gibt dabei so enorm künstlerische Gestaltungen, so detailgetreue, verblüffend menschliche ...«

Dr. Lallikow starrte den armen Babajew mit einem Blick an, der dessen Knochen erweichte.

»Und wer ist Leila?« lispelte er.

»Sie wurde nach Swerdlowsk geliefert. In das Kaufhaus. Für die Modeabteilung. Eine Schaufensterpuppe aus Polyester. Unheimlich naturgetreu. Ich habe versucht, in fotografischen Details dieser Vollendung nahezukommen.«

»Sie sind ein großer Künstler, Jankowski«, fistelte Dr. Lallikow und erhob sich vom Bettrand. »Ihre Fotobücher müssen den Erfolg haben, den sie verdienen. Verzeihen Sie unseren nächtlichen Besuch, und betrachten Sie ihn als Irrtum, den wir bedauern. Victor Semjonowitsch, Sie werden Ihren Weg machen.«

Er wandte sich zur Tür, die anderen folgten ihm stumm und ließen Jankowski in einer ziemlich ratlosen Verfassung zurück. Er hatte es aber nicht schwer, sich von den Fesseln und dem Sack zu befreien, doch als er ins Freie stürzte, war nichts mehr zu sehen. Das Rätsel dieser Nacht würde bleiben.

Im Zimmer des Popen fand eine halbe Stunde später eine kurze Besprechung statt. Kasutin stand da wie ein Scharfrichter und bemühte sich nicht, das nervöse Zukken in seinem Gesicht zu unterdrücken.

»Eine Puppe!« schrie er. »Welche Blamage! Wir sind auf eine Puppe hereingefallen! Mir stockt der Atem! Genosse Dr. Lallikow, wie ist es möglich, daß Sie als Arzt nicht sahen, daß es sich um eine Puppe handelte?«

»Fragen Sie mich nicht!« brüllte Lallikow zurück. »Soll das eine Inquisitionsverhandlung sein?«

»Schenken Sie sich Ihre Fremdworte!« bellte Kasutin. »Wir alle stehen da wie die größten Vollidioten! Eine Puppe! Natürlich ohne Haare! Und ein Arzt erkennt das nicht!«

»Ich verbitte mir das!« kreischte Lallikow. »Hätte Babajew nicht einen solchen Wirbel um diese Fotos gemacht, hätte er uns nicht alle geblendet mit seinen Verdächtigungen ... man ist ja ganz unzurechnungsfähig geworden!«

»Ja! Babajew!« Akifs Bart sträubte sich. »Welch eine Verworfenheit in diesen Gedanken! Welch eine Sturmflut von Beleidigungen! Die ehrsamsten Mädchen und Frauen hat er besudelt! Nikita Romanowitsch, was Sie da getan haben, öffnet Ihnen den Schlund der Hölle.«

»Was habe ich denn getan?« wehrte sich der arme Babajew. Er hüpfte im Zimmer herum wie ein Känguruh und war einem Herzanfall nahe. »Ja, was habe ich denn getan? Ich habe die Vergrößerungen lediglich dem Genossen Parteisekretär gezeigt, und Pjotr Dementijewitsch hat erklärt: ›Das ist ja eine Sauerei!‹ Von *ihm* kam der Anstoß! *Er* hatte den ersten geilen Gedanken!«

»Babajew, noch ein Wort, und ich lasse Sie einsperren!« brüllte Kasutin. »Die Grundidee stammte von Ihnen! *Sie* haben das Gift ausgestreut, an dem wir uns alle den Magen verdarben! Wir sind genauso Opfer wie der arme Jankowski! Wobei es mir rätselhaft bleibt, wieso man sagen kann: ›Das könnte Rimma Ifanowna sein. Dieser feste Busen ... ‹ Und dabei ist es nur eine Puppe.«

»Warum starren Sie mich dabei wie ein Bock an?« fuhr Dr. Lallikow hoch. »Ich betone es noch einmal:

Diese Polyesterpuppe war so naturgetreu hergestellt, so hervorragend fotografiert im Detail, daß man –rechnet man unsere innere Empörung hinzu – leicht einem Irrtum verfallen konnte. Hinzu kam das Auftauchen der Enthaarungscreme in Nowo Korsaki.«

»Meine lieben Söhne!« Väterchen Akif hob beide Hände. Die anderen verstummten schweratmig und am Rande nervlicher Zusammenbrüche. »Zerfleischen wir uns nicht selbst. Tätige Reue ist angebracht. Sind wir froh, daß ein sehr strittiges Problem sich in dieser Glätte gelöst hat. Ist das nicht als Erfolg anzusehen? Ist das Ganze kein Beweis für die unversehrte Moral aller Frauen hier, ohne jede Ausnahme? Stolz sollte uns das machen! Wie sauber steht Nowo Korsaki nun wieder da? Wir sollten dankbar sein – nicht uns gegenseitig den Satan an den Hals wünschen. Die allgemeine Unschuld wurde nachgewiesen – das ist ein Hosiannah wert.«

»So kann man es auch sehen«, sagte Dr. Lallikow beruhigt. »Väterchen Akif, Sie sind ein ungewöhnlicher Mensch. Darf ich Sie für übermorgen zu einem herrlichen Braten einladen?«

»Vergelte es Ihnen Gott.« Akif Victorowitsch sah den noch immer bebenden Babajew an. »Du hast nur deine vermeintliche Pflicht getan, mein Sohn. Ein stets waches sittliches Bestreben ist lobenswert«, sagte er nun plötzlich zu ihm.

»Ich verzichte auf eine kirchliche Manöverkritik«, ließ sich Kasutin vernehmen und winkte mit beiden Händen ab. »Ich stelle nur fest, daß wir alle Rindviecher waren – aber das bleibt unter uns. Wir sind ja nicht nur Genossen, sondern auch Freunde. Dafür wissen wir jetzt zuviel voneinander.«

Er sah Babajew, von dem alles Übel ausgegangen war, an, verzichtete darauf, ihm wenigstens vor die Schuhe zu spucken, und verließ das Popenhaus.

Auf dem Weg zum Parteihaus begegnete er Jankowski, der ihm aufgeregt zuwinkte.

»Gut, daß ich Sie treffe, Pjotr Dementijewitsch«, sagte Jankowski atemlos. »Ich bin auf dem Weg zur Miliz. Ich habe eine Anzeige zu machen. Vor einer halben Stunde hat man mich in meinem Bett überfallen.«

Unter Kasutins Haarwurzeln begann es zu brennen. »Sind Sie sicher?« fragte er heiser. »Haben Sie nichts Falsches geträumt, Genosse?«

»Kann man träumen, gefesselt zu werden und einen Sack über den Kopf gestülpt zu bekommen?«

»Man kann ungeheuer plastisch träumen.«

»Bleiben dann die Stricke und der Sack zurück?«

»Wohl kaum.« Kasutin seufzte ergeben. »Gehen wir gemeinsam zur Miliz. Diesen gemeinen Überfall werden wir mit aller Strenge untersuchen. Wir werden alles unternehmen. – Was wollte man denn von Ihnen?«

»Nichts. Das ist es ja, absolut nichts. Ein Rätsel.«

»So ist es oft«, sagte Kasutin weise und erinnerte sich der Worte des Popen Mamedow. »Wir Menschen haben die nicht erklärbare Gabe, mit Nichtigkeiten Welten durcheinanderzubringen. Überlegen wir es uns doch noch einmal, mein lieber Victor Semjonowitsch, ob wir überhaupt eine Klage einreichen wollen.«

Das fragte sich Jankowski auch, ließ seinen Entschluß fallen, rätselte aber später noch lange daran herum, warum man ihm meuchlings ans Leder hatte wollen. Er lebte angenehm in Nowo Korsaki, der Pope Mamedow, der Arzt Dr. Lallikow, der Fotograf Babajew, der Parteisekretär Kasutin, der Apotheker Dudorow, der dicke Zwetkow, überhaupt alle Menschen waren freundlich zu ihm, luden ihn zum Essen ein, tranken mit ihm Wein und Wodka, ließen ihn jagen und brachten ihm Körbe mit Geschenken ins Haus. Dennoch fühlte er sich nicht mehr richtig wohl in der Stadt, beendete seine geologischen Forschungen und zog nach Swerdlowsk.

Man darf das Victor Semjonowitsch nicht übelnehmen, denn – so frage ich – was ist denn das für eine Welt, in der man noch nicht einmal ungestraft eine nackte Schaufensterpuppe fotografieren kann?

KONSALIK

Das Wunder von Bajkonur

Die Personen:

Weronika Alexandrowna Jakowlewa	*Besitzerin eines Lebensmittelladens*
Rachim Victorowitsch Jakowlew	*ihr Mann, Kunstmaler*
Emilia Petrowna Saripowa	*Frau eines Dachdeckers*
Alla Iwanowna Lukaschowa	*Frau eines Anstreichers*
Galina Victorowna Bassowa	*Frau eines Elektrikers*
Alexej Igorowitsch Butejew	*Dorfsowjet*
David Iwanowitsch Achlomow	*Lehrer und Wissenschaftler*
Jefim Jefimowitsch Bisti	*Wunderheiler*
Iwan Michailowitsch Gubenko	*Polizist*
Dr. Waleri Nikolajewitsch Slobin	*Arzt in Bajkonur*
Oleg Gregorijewitsch Iwin	*Der Schielende, Totengräber u.a.*

Die Erzählung spielt in dem kleinen Ort Bajkonur im Gebiet von Karaganda im weiten Kasakstan

Es wird behauptet, daß sich manches wirklich so zugetragen hat.

Darüber gab es keinen Zweifel, und jeder stimmte dem zu: Weronika Alexandrowna war eine friedfertige, dicke Frau, geradezu gemütlich war sie, was bei ihrem Beruf eine erstaunliche Ausnahme war: Sie besaß einen Lebensmittelladen.

Oho, wird man fragen, wie kommt dieses Wunder zustande? Man hat ja so seine Erfahrungen mit den lieben Schwestern vom Ernährungssektor, vor allem, wenn sie einen Marktstand haben und wie ein kaum gebändigtes Raubtier hinter den Auslagetischen hocken. Da ist etwa die Gemüsefrau Ljuba, die ihren Karren von zwei alten, halbblinden Mauleseln ziehen läßt. Wie ein Turm thront sie unter dem Sonnensegel und hält in der Hand einen Reisigbesen – nicht etwa weil ein unbezwingbarer Reinigungsdrang sie beherrscht, sondern um damit jedem, der ihre Kohl- oder Salatköpfe auf Frische und Festigkeit prüfen will und in die Hand nimmt, flugs auf die Finger zu schlagen und dabei zu brüllen: »Erst sich am Hintern kratzen und dann an mein Gemüse fassen! Nimm die Pfoten weg, du Floh!« Oder da ist die Fischfrau mit dem romantischen Namen Jelisaweta ... O Himmel, macht einen Bogen um sie! Schon zweimal hat sie dem Marktpolizisten einen Dorsch um die Ohren geschlagen, weil er behauptete, unter die frischen Fische menge sie perfiderweise auch die Fische von vorgestern! Und kennen Sie die Eierfrau Jelena Wladimirowna? Jedesmal, wenn einer an ihren Stand kommt und höflich sagt: »Ach, was sind das für süße Eierchen! Wie klein! Wie zierlich!«, schreit sie mit hoch-rotem Kopf zurück: »Ich kann meinen Hühnern keine größeren Löcher machen!«

So ist das mit den Genossinnen vom Ernährungssektor ... nur Weronika Alexandrowna war, wie gesagt, eine seltene Ausnahme – immer freundlich, immer geduldig ... auch wenn sie mit den Zähnen knirschte, sobald zum Beispiel Emilia Petrowna, die Frau des Dachdeckers Saripow, sogar an den Nudeln roch, ob sie nicht muffig waren. Äußerlich ließ sie sich nichts anmerken, die Weronika Alexandrowna, sie stand hinter der Theke ihres Lebensmittelladens und schien mit ihrem Leben zufrieden zu sein.

Das will auch deshalb etwas heißen, weil ihr Mann Rachim Victorowitsch Jakowlew, der aus dem Turkmenischen kam und einen Kopf wie Dschingis-Khan hatte, ausgerechnet Kunstmaler war. Als sich beide vor zweiunddreißig Jahren an der Peripherie von Bajkonur niederließen, wo der Ort in die Steppe übergeht und die Ausläufer des Tschulbar-Salzsees die Landschaft beherrschen; als sie dort ein Haus umbauten und einen Laden einrichteten, da hatte man sie zunächst scheel angesehen. Na gut, Rachim Victorowitsch war sogar Mitglied der Partei, Weronika war damals ein nettes, kluges, glutäugiges Frauchen mit unübersehbaren Brüsten und einem hin und her schwenkenden Hintern – aber wovon, so fragte man sich überall, lebt ein Kunstmaler? Sitzt da so ein kräftiger Mann herum, schmiert Farben auf Leinwände oder Holzplatten, malt die Felder und Blumen und Hügel und die Pferde und Kühe und die im Getreide fleißig arbeitenden Genossen – und das alles sieht viel schlechter aus, als wenn man es einfach fotografieren würde. Ja, man muß manchmal ein paar Schritte zurücktreten, um überhaupt zu erkennen, was das darstellen soll, und das nennt man Kunst, und es soll sogar gekauft werden. Natürlich von den Großstädtern, die nicht wissen, wie eine Weizenähre aussieht und glauben, sie sei so konstruiert, wie sie Jakowlew malt! Jeder in Bajkonur hatte Verständnis dafür, daß seine Frau Weronika einen Lebensmittelladen eröffnete, denn von den Bildern konnte ja keiner leben. Und da man Mitleid hatte mit der netten Weronika Alexandrowna, die das Schicksal mit so einem nutzlosen Mann geschlagen hatte, kaufte man gern bei ihr ein, hielt ein Schwätzchen, deponierte bei ihr den allgemeinen Klatsch und betrachtete voll Mitgefühl die an der Wand hängenden Gemälde des Jakowlew. Zum Geburtstag, zu Ostern und zu Weihnachten, das ja jetzt das Fest von Väterchen Frost hieß, kaufte man sogar ein Bild, nur um zu zeigen, daß man auch für diese Art Kultur etwas ausgeben konnte, denn Jakowlew hatte kürzlich einen Kunstpreis gewonnen, natürlich im fernen Swardlowik. Bilder von ihm hingen in der Kunstausstellung von Taschkent. Es war eben eine verrückte Zeit, in der man lebte!

Das alles muß man wissen, um ganz zu begreifen, wie schicksalhaft das Ereignis, von dem hier noch die Rede sein wird, in das friedliche Dasein der Bürger von Bajkonur eingriff. Und man muß auch wissen, daß das Leben in den Steppen von Karaganda gleichförmig und ohne Höhepunkte ist – sieht man davon ab, daß es hier einige berüchtigte Straflager gibt, die sogar von Moskau offiziell zugegeben werden. Aber von denen merkte man in Bajkonur wenig, nur ab und zu gab es Wandzeitungen, die von Flüchtlingen berichteten, und man wurde aufgerufen, als guter Sowjetbürger einen solchen Verbrecher sofort auszuliefern, wenn man ihm begegnete. Aber das war noch nie geschehen ... nach Bajkonur flüchtete niemand!

So war auch der 17. April ein Tag wie jeder andere. Nur das Wetter spielte verrückt. Es war für diese Jahreszeit ungewöhnlich warm und schwül, der Himmel sah aus wie hellblaues Blei, an das man schmutzige Wattebäusche geklebt hatte. Die geballten Wolken bewegten sich kaum, dennoch donnerte es vom Salzsee her ununterbrochen, ohne daß ein einziger Tropfen Regen fiel. So ein Wetter hatte man hier noch nicht erlebt. Entweder schneite und fror es, oder es regnete wie aus Eimern, oder die Sonne brannte wie ein Brennglas ... aber so eine diffuse Stimmung, so ein warmes Grau überall, war neu. Selbst die älteste Genossin von Bajkonur, die 97 Jahre alte Raissa Nikiforowna, schwor glaubwürdig, das sei ein Wetter, wie es in der Bibel beim Bericht über den Weltuntergang beschrieben wurde. Der Lehrer David Iwanowitsch Achlomow, ein sehr gebildeter Mann, der sich nebenbei auch wissenschaftlich mit Mineralogie beschäftigte und einen Haufen der wundersamsten Steine gesammelt und im ›Haus der Gemeinschaft‹ ausgestellt hatte, sagte etwas sehr Komisches: »Die Luft ist voller Elektrizität!« Das verstand zwar keiner, denn Elektrizität kommt ja aus der Steckdose, und als man den Elektriker Bassow auf die Behauptung des Lehrers ansprach, tippte er sich an die Stirn, lächelte mokant und sagte: »Aus der Luft kommt sie niemals. Meine Lieben, wenn ich keine Leitungen lege, gibt's keinen Strom! Ist doch klar! Der Genosse Lehrer ist ein kluger Mensch, aber er soll bei seinen Büchern und Steinen bleiben und nicht über Dinge reden, von denen andere von Berufs wegen mehr verstehen!«

Es war gegen elf Uhr vormittags – nach dem später amtlich aufgenommenen Protokoll genau 10 Uhr und neununddreißig Minuten –, als die ehrbaren Hausfrauen Emilia Petrowna Saripowa, Alla Iwanowna Lukaschowa und Galina Victorowna Bassowa im Laden von Weronika standen, ein Schwätzchen hielten, über nicht anwesende Nachbarinnen herzogen und sich über ihre müden Männer beklagten – kurz und gut: Erfahrungen austauschten, die langjährige Ehefrauen zuhauf mit sich herumschleppten. Von ferne donnerte es wie seit zwei Tagen, es war schwül, bei jeder Bewegung brach der Schweiß aus den Poren. Es mußte bald regnen, was wie eine Befreiung sein würde, denn die allgemeine Nervosität war groß, das Wetter reizte die Nerven. Bei der kleinsten Meinungsverschiedenheit schrie man sich an, als wolle man sich gleich gegenseitig umbringen. Lukaschow, der Anstreicher, sonst ein Vollmondsäufer, soff außerplanmäßig bis zum Umfallen, und der Dachdekker Saripow, sonst ein stiller, braver Mensch, den die ständige Betrachtung der Umwelt von oben geradezu philosophisch gemacht hatte, stellte plötzlich seiner geschminkten Frau Emilia nach, als sei er ein brünftiger Hirsch. Emilia Petrowna fühlte sich um zwanzig Jahre zurückversetzt ...

Das alles kam im Lebensmittelladen von Weronika Alexandrowna Jakolewa zur Sprache. Der Schwüle wegen waren die Ladentür und die Tür zum Hintereingang geöffnet und mit einem Holzkeil festgestellt. So gab es wenigstens einen schwachen Durchzug, der auf der nassen Haut spürbar angenehm war. Kunstmaler Jakowlew saß hinter dem Haus an der Staffelei und malte eine Kuh, die gerade eine dicke Runkelrübe im Maul zerkaute.

»Man soll es nicht für möglich halten!« sagte Alla Iwanowna gerade. »Da wird behauptet, Schneider Tolokaj habe ein Verhältnis mit der Verkäuferin im Magazin, Larissa Stepanowna. So etwas! Hat einen noch dickeren Hintern als seine eigene Frau. Wer kann das begreifen?«

»Der Hintern ist zweiundzwanzig Jahre jünger!« lachte Emilia Petrowna. »Männer sind von Natur aus blöd, das wißt ihr doch ...«

In diesem Augenblick erstarrten sie alle, ihre Münder blieben stehen, die Augen versteinerten zu einem Glotzen, nur unter der feuchten Haut zuckten die Muskeln und Nerven, als jage ein Strom durch ihren Körper.

Durch die offene Ladentür schwebte lautlos, in einem Meter Höhe vom Boden aus, ein runder, weißgold strahlender Gegenstand. Er war etwas größer als ein Fußball, eine blauweiße Aura umgab ihn, eine Art Rundum-Heiligenschein, und wenn die Augen vor Entsetzen nicht auch gelähmt gewesen wären, hätte man sie zusammenkneifen müssen, so intensiv und grell war die Strahlung, die von dem langsam hereinschwebenden Feuerball ausging.

Die Flammenkugel verharrte einen Moment an der Tür, als betrachte sie sich die gelähmten Frauen. Dann schwebte sie weiter, hinüber zur Theke, wo Weronika Alexandrowna unbewußt zu röcheln begann und die Augen vor Entsetzen verdrehte. Dort, vor einem Flechtkorb voller Päckchen mit kandierten Feigen, verharrte die feurige Kugel wieder ein paar Sekunden, setzte sich dann erneut in Bewegung, erhob sich bis auf 1,50 Meter vom Boden, zog lautlos weiter durch den Lebensmittelladen, vorbei an der bewußtlosen Emilia Petrowna, und schwebte ohne den geringsten Laut durch die Hintertür hinaus ins Freie. Sie passierte in dreißig Meter Abstand den malenden Rachim Victorowitsch, der ihr fassungslos nachblickte, tanzte über den kleinen Gartenhof, übersprang den Zaun und war dann verschwunden.

Im Laden aber brach die Hölle los.

Alla Iwanowna sank gegen einen Ständer mit gläsernen Bonbontöpfen, verdrehte schauerlich die Augen und japste nach Luft. Emilia Petrowna fiel auf die Knie und bekreuzigte sich, schrie: »O Mama im Himmel, laß mich nicht allein!« und greinte dann hysterisch.

Am härtesten traf es Galina Victorowna, die Frau des Elektrikers Bassow. Als sich bei ihr der Krampf löste und die Muskeln erschlafften, schlug sie beide Hände vor das verzerrte Gesicht und benäßte sich die Hose. Es war einfach nicht zu halten. Weronika Alexandrowna lehnte sich hinter der Theke an ein Regal mit Teigwaren, starrte auf die offene Hintertür, sah den Kopf ihres Mannes auftauchen mit großen, ungläubigen Augen, und schrie hell: »Rachim Victorowitsch, hast du das gesehen? Was war das? Ein feuriger Fußball ...«

Dann sank auch sie um und fiel in Ohnmacht.

»Ein Fußball hat mehr Tempo und schwebt nicht«, sagte Rachim hilflos. Er starrte auf die entnervten Frauen, raufte sich die Haare und ahnte, daß Großes über sein Haus gekommen war.

Schon eine Stunde später hatte man in Bajkonur eine Sonderkommission gebildet, um dieses unglaubliche Geschehen zu klären. Der Vorsitzende des Ortssowjets, der Genosse Butejew, hatte die Leitung übernommen, als sich herausstellte, daß alles nicht etwa der Fantasie eines Säufers entsprungen war, sondern daß es fünf glaubwürdige Zeugen gab, auch wenn sie im Augenblick völlig verstört wirkten.

Was Behörden besonders gern tun, ordnete natürlich auch Butejew an: Er ließ zunächst das ganze Anwesen der Jakowlews durch die Miliz absperren, stellte für die Zeugen eine Bewachung auf und befahl die Sicherung der Spuren.

Aber es gab keine Spuren. Weder Brandflecke noch Abdrücke noch Rückstände ... das einzige, was zurückgeblieben war, und das konnte man nicht einsammeln, war ein leichter Geruch nach verbranntem Metall. Aber den hatte auch nur Rachim Victorowitsch bemerkt. Bei den Frauen war alles erstarrt gewesen, sogar die Geruchsnerven.

»Fangen wir methodisch an!« sagte Alexej Igorowitsch Butejew weise und amtlich. Er hatte sich im Lebensmittelladen auf einen Sack mit Reis gesetzt, blickte auf die offene Eingangstür und dann auf Weronika Alexandrowna, die auf einem Holzhocker saß. Butejew war ein nüchterner Geist, in der Parteischule in Omsk gedrillt und gewöhnt, den Dingen auf den Grund zu gehen und für alle Fälle des Lebens ein Wort von Lenin bereitzuhalten. Zum erstenmal versagte nun alle Schulung: Nirgendwo hatte Lenin so ein feuriges Kugelding erwähnt, das bei Jakowlew durch den Laden geschwebt war. Butejew kam in Bedrängnis, räusperte sich mehrmals und knöpfte die Jacke über dem deutlichen Bauchansatz auf. Er war 55 Jahre alt, hatte sechs Kinder und eine zänkische Frau, die ihn verdächtigte, mit der Parteisekretärin ein Verhältnis zu haben.

»Das Ding kam also dort herein?« Butejew zeigte zur Tür.

Die Jakowlewa nickte schwer. »Ja. Lautlos. War plötzlich da, schwebte bis zur Theke, beguckte sich die kandierten Feigen und schwebte zur Hintertür, an Rachim vorbei, ins Freie zurück.«

»Beguckte sich die Feigen!« wiederholte Butejew nachdenklich. »Es hatte also Augen?«

»Nein ...«

»Aber es beguckte sich ...«

»Man sagt das so, Alexej Igorowitsch! Die leuchtende Kugel blieb vor den Feigen stehen, zitterte ein wenig ...«

»Ha! Sie zitterte?« rief Butejew. »Das ist wichtig!«

»Warum?«

»Es muß ein Lebewesen gewesen sein, wenn es vor kandierten Feigen zittert! Hatte es ein Maul?«

»Es war eine Kugel, Genosse!«

»Auch eine Kugel kann ein Maul haben. Denk an einen Kugelfisch!«

»Kann ein Kugelfisch schweben und leuchten?«

»Es war nur ein Beispiel, Weronika Alexandrowna!« Butejew seufzte. Die Dummheit des gemeinen Volkes ist oft kaum zu ertragen. »Wir müssen alles sekundengenau rekonstruieren, meine Liebe. Für alles, was auf unserer Erde passiert, gibt es eine Erklärung.« Lenin sagt: »Es gibt keine Geheimnisse mehr vor unserem revolutionären Geist! Das soll unsere Richtschnur sein!« Butejew war glücklich, wieder einen Leninspruch zu haben, an den man sich klammern konnte. »Was hast du gedacht, als die Kugel hereinschwebte?«

»Nichts. Ich war gelähmt vor Schreck!«

»Was hast du gefühlt?«

»Mir wurde eiskalt, Genosse Butejew. Stellen Sie sich vor, durch die offene Tür kommt ganz langsam eine feurige Kugel geflogen ... Was hätten Sie gefühlt, wenn sie durch Ihr Dienstzimmer geschwebt wäre ...«

»Bei mir gibt es keine offenen Türen. Aber hier, das lädt ja geradezu ein. Vorne offen, hinten offen ... sssst, da treibt einen der Durchzug vorwärts.« Butejew starrte wieder auf den Eingang. »Warum hat keiner von euch die Kugel aufgehalten?«

»Wie denn, Genosse?«

»Man hätte einen Sack darüberstülpen können. Oder das Ding in einer großen Kiste auffangen. Da hinten in der Ecke stehen Zinkwannen, die hätte man auf die Kugel werfen können.«

»Von uns konnte sich keiner mehr rühren«, sagte Weronika Alexandrowna dumpf. »Auch Sie, Alexej Igorowitsch, hätten nichts getan. Sie können doch keine Zinkwanne über ein Wunder werfen!«

»Wer redet hier von einem Wunder?« rief Butejew scharf. Das fehlt uns noch, dachte er erschrocken. In Bajkonur, in meinem Gebiet, ein Wunder! Das würden die Christen ebenso wie die Mohammedaner für sich beanspruchen, und beide würden sich darum streiten bis zum Schädeleinschlagen. »Es gibt keine Wunder!«

»Aber es gibt eine feurige Kugel, die lautlos herumschwebt. Wo kommt sie her, wo geht sie hin, was ist sie? Erklären Sie mir das, Genosse.«

Butejew seufzte, ging die Flugbahn des Objektes noch

einmal ab und kümmerte sich dann um die anderen Zeuginnen. Es hatte endlich zu regnen begonnen, die Luft wurde klarer, die drückende Schwüle verschwand, man konnte wieder tief durchatmen. Es tat gut nach diesen merkwürdigen Tagen. Die Männer der armen Frauen waren nun auch gekommen. Man hatte sie auf ihren Arbeitsstellen alarmiert mit dem Ruf: »Deine Frau hat ein Wunder erlebt!« Nun standen sie im Hinterzimmer und brüllten mit der Miliz herum, die sie nicht zu ihren Weibern ließ. Die Frauen saßen oben in einem Zimmer, tranken Tee mit Kognak und warteten auf Dr. Slobin, den Arzt. Vor allem Galina Victorowna war mit ihren Nerven völlig im unreinen, lag auf einem mit grünem Kunstleder bezogenen Sofa und schämte sich die Seele weg, weil sie ihre Hose genäßt hatte und nun keine Gelegenheit fand, das nasse Stück zu wechseln. Sie flüchtete sich in Zuckungen und Weinkrämpfe. Die Anwesenheit von Dr. Slobin war also dringend notwendig.

»Keine Panik, liebe Brüder!« schrie Butejew die Ehemänner an, als sie auf ihn zustürzten. »Alles läßt sich klären! Man muß nur logisch und kühl vorgehen.«

»Hat es diese feurige Kugel gegeben?« rief Saripow, der Dachdecker.

»Ha!«

»Schwebt durch den Laden, vorne rein, hinten raus!« schrie Lukaschow, der Anstreicher.

»So hat man es gesehen.« Butejew streckte beide Arme hoch. »Genossen, wir kommen dahinter, was das war! Ich vermute eine neue Gemeinheit der Imperialisten. Eine Panikbombe der Amerikaner. Eine ferngelenkte radioaktive Kugel ...«

»Dann wären unsere Frauen verloren!« schrie Bassow

dumpf. Er als Elektriker hatte Ahnung von den Dingen. »Dann sind sie jetzt radioaktiv verseucht ... Und Rachim Victorowitsch auch. Wir alle ... vielleicht der ganze Ort ... Alle haben wir den Strahlentod in uns!«

Butejew starrte Bassow an und schluckte krampfhaft. An eine solche Auswirkung hatte er gar nicht gedacht. Er erinnerte sich an die Bilder in der Illustrierten, wo man in den Labors in Strahlenanzügen arbeitete, und er dachte an die Bombe von Hiroschima, wo noch Jahre später die Menschen an strahlenverseuchtem Blut elend zugrunde gegangen waren.

War es jetzt, hier in Bajkonur, anders? Schutzlos standen sie alle in einem Raum und in der Gegend, wo etwas strahlendes Unbekanntes vorübergeschwebt war.

Butejew sträubten sich die Nackenhaare. Er wartete ungeduldig auf den Arzt.

Da raste Dr. Slobin schon in einem Jeep der Miliz heran. Man hatte ihn mitten aus der Sprechstunde weggeholt, hatte ihn geradezu schamlos von einer Frau weggerissen, der er gerade den Bauch abtastete und die beim rüden Erscheinen der Polizisten aufkreischte.

»Was ist los?« brüllte er sofort, als er in den Laden stürzte und Butejew und die erregten Männer sah. »Ein Massenmord? Vergiftete Lebensmittel? Ihre Anwesenheit, Alexej Igorowitsch ...«

Butejew faßte Dr. Slobin am Ärmel, zerrte ihn weg und flüsterte ihm zu: »Bleiben Sie ganz ruhig, Waleri Nikolajewitsch! Was passiert, wenn zum Beispiel eine große leuchtende Kugel aus Radium an einem vorbeischwebt?«

»Ich rufe den nächsten Sanitätswagen ...«

»Aha!« stöhnte Butejew.

»... und lasse Sie in eine Irrenanstalt bringen!« Dr. Slobin, ein langer, dürrer Mensch mit einem schmalen Tartarenbart, sah sich um. »Wo schwebt hier eine Radiumkugel?«

»Sie war hier!« stammelte Butejew. Kalter Schweiß stand auf seiner Stirn. »Kam durch die Tür herein und schwebte zur Hintertür hinaus.«

»Ohne anzuklopfen?« fragte Slobin voll Spott.

»Es war eine Kugel. Größer als ein Fußball ...«

»Aus Radium?«

»Das weiß man nicht. Sie leuchtete weißgolden. Hatte so etwas wie einen Heiligenschein um sich herum ... und schwebte ganz langsam durch dieses Geschäft, in einem Meter Höhe. Im Garten stieg sie dann auf einen Meter fünfzig und flog über den Zaun weg in die Steppe ...«

Dr. Slobin sah Butejew ernst an, kratzte sich die Nase und sagte dann: »Machen Sie den Oberkörper frei, Alexej Igorowitsch.«

»Ich bin kerngesund, Doktor«, stotterte Butejew. »Ich gebe nur wieder, was fünf Zeugen gesehen haben.«

»Fünf? Ein Massenwahn also? Wo sind die Armen?«

»In einem Zimmer über uns. Gehen Sie nicht hinein, Waleri Nikolajewitsch.«

»Warum nicht ...«

»Strahlenschäden«, flüsterte Butejew heiser. »Wenn das eine Gemeinheit der Amerikaner war ...«

»Hier in Bajkonur? Im tiefsten Kasakstan?«

»Die moderne Kriegführung kennt keine Entfernungen mehr, Doktor. Man muß auf alles gefaßt sein ... aber hier wurden wir überrascht!«

»Und wo ist diese strahlende Kugel jetzt?«

»Weg. Rachim Victorowitsch sah sie noch, wie sie in die Steppe schwebte ... da hörte er die Frauen schreien, und das erschien ihm wichtiger, als die Kugel zu verfolgen. Keiner hat sie mehr gesehen.«

»Ein Flugkörper muß irgendwo niedergehen ... nichts schwebt ewig!«

»Irgendwo!« Butejew hob die Schulter. »Wo ist irgendwo, Doktor? Was sollen wir tun?«

»Abwarten, Alexej Igorowitsch. Wenn Sie strahlenverseucht sind, rettet Sie niemand mehr. Das werden wir im Labor von Taschkent nachprüfen. Sollten Sie auf dem Bildschirm zu leuchten beginnen, wird man Sie in einer Bleikammer entladen ... aber verrecken werden Sie trotzdem. Und alle hier im Haus auch.«

»Seien wir ein Vorbild an Tapferkeit«, sagte Butejew. »Gehen wir hinauf zu den Zeugen der Katastrophe.«

Das Verhör durch den Arzt dauerte zwei Stunden und brachte nichts Neues.

Galina Victorowna bekam eine Beruhigungsinjektion und schämte sich nachher noch mehr ihrer nassen Hose. Emilia Petrowna wollte beschwören, daß die feurige Kugel nicht nur geschwebt, sondern sich dabei um sich selbst gedreht habe, ähnlich wie unsere Erde. Und Alla Iwanowna meinte, eine Art Luftleere im Raum gespürt zu haben, das Atmen sei schwer gewesen. Weronika schließlich war fasziniert von der Tatsache, daß die Kugel vor dem Korb mit den kandierten Feigen stehengeblieben und erst dann majestätisch weitergezogen war – vorbei an dem verblüfften Rachim Victorowitsch, der gerade einen Malpinsel zwischen seine Zähne geklemmt hatte.

»Es roch nach heißem Eisen«, wiederholte er jetzt. »Genossen, mein Geruchssinn ist aktenkundig! Während meiner Ausbildung an der Kunstakademie von Taschkent war ich als Teeprüfer tätig. Da kommt es auf eine feine Nase und gute Zunge an. Es roch nach heißem Eisen, ich beschwöre es. Aber da war noch ein Geruch, den ich nicht erklären kann.«

»Die Strahlen ...«, stammelte Butejew.

»Blödsinn! Strahlen riechen nicht!« Dr. Slobin saß neben Galina Victorowna auf dem grünen Kunstledersofa und trocknete seine Hände mit einem Handtuch ab, das ihm Weronika gebracht hatte. »Ich gebe zu: Das ist alles sehr merkwürdig. Sie sollten die physikalische Forschungsstelle in Karakanda informieren, Genosse Butejew.«

»Haben die Genossen dort schon eine feurige schwebende Kugel, etwas größer als ein Fußball, gesehen?«

»Ich glaube kaum.«

»Also wissen sie genausoviel oder genausowenig wie wir. Das hier ist ein interner Fall von Bajkonur, den wir alle gemeinsam lösen werden zum Ruhme unserer bolschewistischen Intelligenz. Wir werden Schlagzeilen machen, die ganze Welt wird uns kennen. Stellen Sie sich vor, Dr. Slobin ... überall wird man es lesen: Die Tapferen von Bajkonur entlarven eine neue raffinierte Geheimwaffe der Amerikaner! – Das können wir uns nicht aus der Hand nehmen lassen und nach Karakanda weitergeben!«

»Wir haben keine Beweise, Butejew!«

»Aber fünf Zeugen!«

»Ohne Kugel!« Dr. Slobin schüttelte den Kopf. »Wenn man das Ding wenigstens fotografiert hätte.«

»Ich kann es malen!« rief Jakowlew, der Kunstmaler.

»Das ist kein Beweis. Ich deutete es schon an: Man wird es als Massenwahn hinstellen. Politiker arbeiten mit allen Mitteln, allen Tricks, allen Gemeinheiten. Man wird keinem erklären können, daß eine feurige Kugel langsam und lautlos in ein Meter Höhe durch ein Lebensmittelgeschäft schwebt und wieder verschwindet.«

»Es war ein Wunder«, sagte Emilia leise. »Nur das ist möglich: ein Wunder.«

»Halten Sie den Mund, Emilia Petrowna!« donnerte Butejew wütend. »Verbreiten Sie keinen religiösen Wahn! Was heißt hier Wunder? Was soll eine leuchtende Kugel bezwecken?«

»Darüber sollte man einen Popen befragen«, meinte Dr. Slobin.

»Auch das noch!« schrie Rachim Victorowitsch. »Dann kommt er in mein Haus, schwenkt den Weihrauchkessel, wedelt mit dem Weihwasserbesen und segnet jeden Winkel. Ich bin ein gläubiger Mohammedaner! Wenn hier jemand ein Wunder ausräuchert, dann nur mein Imam Ibrahim Suleiman ...«

»Es geht schon los«, stöhnte Butejew und rang die Hände. »Gleich läuten links die Glocken und ruft rechts der Muezzin!« Dann wurde er hochrot im Gesicht, stellte sich auf die Zehenspitzen und brüllte mit aller Kraft: »Es gibt keine Wunder! Nicht in Bajkonur!«

In diesem Augenblick klopfte es. Einer der Polizisten, er hieß Gubenko, kam ins Zimmer und meldete neuen Besuch: »Unten wartet Jefim Jefimowitsch Bisti. Behauptet, es gäbe eine Erklärung zu den Dingen ...«

»Er soll zum Teufel gehen!« schrie Butejew wie ein Gefolterter.

Dr. Slobin sah den Ortssowjet erstaunt an. »Wer ist Bisti?«

»Der Letzte, der mir hier noch fehlt.« Butejew wischte sich über das schweißnasse Gesicht. »Jefim Jefimowitsch ist ein Wunderheiler ...«

Man wunderte sich nicht, daß in einem Ort wie Bajkonur, dessen Bewohner sich als aufgeklärte und moderne Menschen betrachteten, ein Mann wie Bisti bestehen kann. Blicken wir einmal in unsere eigene Umgebung! Na, was sehen wir da? Astrologen, Kartenleger, Hellseher, das Paradies versprechende Sekten, Handaufleger, Magnetiseure; Erwählte, die mit scharfen Blicken oder knisternden Instrumenten die Kranken behandeln; Computer, die einem sagen, was man essen darf und was nicht; Gesundheitstränke und Konditionsmaschinen, die Folterwerkzeugen gleichen – und alle haben ihre Anhänger und ihre Erfolge. Wieso also ist es so verwunderlich, daß auch in Bajkonur ein Mensch lebt, der kraft einer überirdischen Berufung seiner Umwelt mitteilt, er könne – nur ein Beispiel – einen chronischen Husten nach sechsmaligem Drükken der Brust heilen?

Jefim Jefimowitschs Spezialität war die Galle.

Man grinse jetzt nicht überheblich ... Unsere Welt ist die Welt der Spezialisten! Es gibt in den großen amerikanischen Hospitälern Chirurgen, die nur Hände operieren oder nur Ohrmuscheln, und keiner von ihnen käme auf den Gedanken, einen Fuß oder eine Nase anzugreifen. Und es gibt Artisten am Operationstisch, die innerhalb von sechseinhalb Minuten einen Blinddarm herausholen, eben weil sie Spezialisten sind und nichts anderes tun, als sich um den Wurmfortsatz zu kümmern.

Genosse Bisti hatte einen Ruf als großer Könner. Wen die Galle drückte, der ging außer zu Dr. Slobin auch zu Jefim Jefimowitsch. Dr. Slobin behandelte nach alter Art. Er drückte, horchte ab, röntgte und verschrieb bittere Medizin, und wenn es ganz schlimm war, etwa bei Gallensteinen, überwies er in die Klinik, wo man den Patienten den Bauch aufschnitt. Nicht so bei Bisti! Da saß man erwartungsvoll in einem halbdunklen Zimmer, das mit dunkelrotem Samt ausgeschlagen war, und fühlte ein wonniges Beben im ganzen Körper, wenn Jefim Jefimowitsch in einer Art langem Kaftan auf einen zutrat, einem tief in die Augen schaute und mit dunkler, warmer Stimme sagte:

»Brüderchen – oder Schwesterchen –, was hast du mit deinen Säften getan?«

Wer kann auf solch eine Frage eine Antwort geben? Was für Säfte? Da denkt jeder individuell.

Dann folgte die Augendiagnose, das Ausleuchten der Iris. Man mußte in einen gläsernen Trichter hauchen, der sich erschreckend rot färbte, was Bisti mit einem furchterregenden unverständlichen Murmeln begleitete. Schließlich saß man auf einem Spezialstuhl, der große Ähnlichkeit mit dem elektrischen Stuhl der amerikanischen Justiz hatte; man wurde sogar festgeschnallt und dann ein paarmal um die eigene Achse gewirbelt.

»Das ist die zentrifugale Säftespaltung«, erklärte Bisti mit gedämpfter Stimme. »Jetzt wird der Körper nicht mehr lügen können. Jetzt sieht man alles!«

Ich verbürge mich dafür: Bisti hatte großen Erfolg! Das Medikament, das er verschrieb, fesselte zwar die

Patienten drei Tage ans Haus ... zwei Tage saßen sie auf dem Lokus, einen Tag brauchten sie, um sich davon zu erholen ... aber das Endergebnis war grandios: Die Galle blieb friedlich. So etwas sprach sich natürlich schnell herum.

Dr. Slobin nannte Bisti grob den »Scheißer«. Für die Leute in Bajkonur war er der Wunderheiler.

»Was will der Kerl hier?« fragte Dr. Slobin jetzt. Als Butejew den Namen Bisti nannte, hatte er im ersten Augenblick nicht im entferntesten vermutet, daß es dieser Bisti sein könnte; es gab mehrere Leute des gleichen Namens. »Will er mit seinem Rhizinus etwa auch die Feuerkugel zum Furzen bringen?«

»Wir werden sehen!« Butejew seufzte laut. »In diesem besonderen Fall sollte man jede Meinung erst einmal zur Kenntnis nehmen.«

Jefim Jefimowitsch war ein höflicher Mensch. Er begrüßte Butejew kommunistisch korrekt mit erhobener Faust, warf einen Blick auf Dr. Slobin, der an ihm vorbeisah, als sei er ein Bock, und wackelte dann mit der Nase. »Hier soll, so rief man mich an, ein Wunder geschehen sein?«

»Nein!« bellte Butejew heiser.

»Eine feurige Kugel schwebte hier herum ... Stimmt das?«

»Ja.«

»Man kann das erklären?«

»Nein!«

»Was hindert uns daran, an ein Wunder zu glauben?«

»Weil es keine Wunder gibt ...«

»Genosse Butejew, lassen Sie mich einen Fall vortragen: Da kommt eine Frau zu mir, die hat eine laufende

Nase. Ha, es rinnt aus ihren Nasenlöchern heraus wie aus einer doppelten Quelle. Ist nicht zu stoppen. Woher, fragt man sich, kommt all dieser Rotz ... Es ist unheimlich! Und keiner kann ihr helfen. Liegt da die arme Frau, unter der Nase dicke Binden, in die alles hineinläuft. Tag und Nacht. Ganz schwach ist sie schon. Was sagt der Arzt? Den Wasserverlust muß man ausgleichen, sonst stirbt sie.«

»Das weiß jedes Kamel, wenn es sich volltrinkt!« knurrte Dr. Slobin, denn er war dieser Arzt gewesen.

»Die Frau also trinkt«, fuhr Bisti ungerührt fort, »trinkt Fässer leer. Und was sie in den Mund hineinschüttet, läuft oben aus der Nase wieder heraus. Zum Verzweifeln, liebe Genossen! Dem Wahnsinn war sie nahe, die gute Frau. Da komme ich, kneife mit Daumen und Zeigefinger meiner linken Hand – es mußte die linke sein, dem Herzen nahe – ihre Nasenlöcher zusammen, zähle bis zwanzig, berichte von Moses, vor dem sich sogar das Rote Meer teilte, lasse die Nase dann los und sage: ›Die Quelle ist versiegt!‹ – Und was geschieht? Die Nase läuft nicht mehr. Bis heute nicht. Das Frauchen ist gesund und hat sogar noch ein Kind bekommen. – Ist das nicht ein Wunder?«

»Das war ein Zufallstreffer der Akupressur!« schnaubte Dr. Slobin wütend. »Solche Spontanheilungen gibt es. Davon leben die Wallfahrtsorte der Christen.« Jetzt sah er Bisti doch an. »Was wollen Sie hier, Jefim Jefimowitsch?!«

»Wo Wunder so sichtbar werden wie hier im Hause von Rachim Victorowitsch, muß auch ein Ort der Heilungen sein. Ich muß durch das Haus gehen, dann spüre ich die geheimnisvollen kosmischen Strahlungen. Genosse Butejew, ich bin ein Medium zu anderen Welten.«

Dr. Slobin hustete provokant und drehte Bisti den

Rücken zu. Butejew nickte schwer. »Ich kann Sie nicht aufhalten, Jefim Jefimowitsch. Suchen Sie Ihre verdammten kosmischen Strahlen. Aber ein Wunder verbiete ich – ist das klar?«

»Völlig klar, Genosse.«

Bisti verließ das Zimmer, entledigte sich seines Regenmantels, stülpte eine Mütze aus Stanniol über seinen Kopf und ging unter den ehrfürchtigen Blicken der Anwesenden langsam durch den Laden, genau den Weg, den die flammende Kugel genommen hatte. Vor dem Dachdecker Saripow blieb er ruckartig stehen, legte seine Hand auf dessen Kopfhaar und sagte dumpf:

»Du hast es an den Nieren, Brüderchen ...«

»Nein!« stotterte der brave Saripow. »Keine Beschwerden. Nichts, Genosse! Bin bis auf die Knochen gesund.«

»Die Nieren sind keine Knochen«, sagte Bisti dunkel. »Wart es ab! Die Strahlen jucken bei deinem Anblick auf meinen Nieren. Morgen, spätestens übermorgen, wirst du pinkeln wie ein Brünnlein.«

Saripow stöhnte leise auf, faßte sich nach hinten an seine Nieren und wurde bleich. Butejew starrte Dr. Slobin hilfesuchend an. Aber Slobin blickte verbittert aus dem Fenster und schwieg. Die Verachtung eines Scharlatans durch einen Akademiker ist immer noch die beste Waffe.

»Sie spüren die Strahlen?« keuchte Butejew.

»Etwas Geheimnisvolles ist um uns«, sagte Bisti feierlich und schloß die Augen. »Etwas Unerklärliches, Großes, Gewaltiges ... Wenn ich hier stehe, spüre ich die Leiden meiner Umwelt. Es ist erschreckend, herzzerreißend. Die Krankheiten springen mich an wie Raubtiere. Ha, Dr. Slobin!«

»Was ist mit mir?« Slobin wirbelte herum. »Lassen Sie den Unfug, Bisti!«

»Sie haben's an der Prostata ...«

»Stimmt! Seit zwei Jahren. Das haben Sie zufällig erfahren ...«

»Und der Genosse Butejew ...«

»Ich fühle mich wohl«, sagte Butejew schnell, aber seine Augen weiteten sich. »Was spüren Sie, Jefim Jefimowitsch?«

»Bei Ihnen ist es die Lunge ...«

»Nein!« Butejew faßte sich an die Brust. Im gleichen Augenblick mußte er husten, starrte wie ein Erstickender hinüber zu Dr. Slobin und lehnte sich an die Wand, als könnte er ohne diese Stütze umfallen.

»Es geht schon los!« Bisti wedelte mit der Hand und legte dann beide Hände auf seine glitzernde Stanniolmütze. Er sah sehr beeindruckend aus. »Der Kosmos lügt nicht!« Er blickte sich um, sah Weronika Alexandrowna bleich hinter der Theke stehen und den Ehemann Jakowlew mit zerwühlten Haaren an der Hintertür. »Man sollte den Laden schließen! Das hier ist durch ein Wunder eine Stätte der Erkenntnis und der Heilung geworden. Ich werde hier einziehen und mich ganz in den Dienst der Strahlungen stellen. Wir sind dem Geheimnis des Lebens auf der Spur ...«

»Ich gebe mein Geschäft nicht her!« schrie Weronika Alexandrowna. »Seit zweiunddreißig Jahren lebe ich hier!«

»Jetzt ist es von den himmlischen Kräften zur Weihestätte auserkoren worden«, sagte Bisti pathetisch und nahm seine Stanniolmütze ab. »Wollen Sie sich dagegen wehren, Genossin?«

»Ja!« schrie die Jakowlewa.

»Es ist zum Wohle des Volkes!«

»Alles nur Scharlatanerie«, knurrte Dr. Slobin. »Alles!«

»Sie haben in Ihrer Sprechstunde nicht erkannt, daß ich es an der Lunge habe, Waleri Nikolajewitsch!« sagte Butejew.

»Haben Sie es denn an der Lunge?«

»Seit eben spüre ich einen Druck und ein Brennen in der Brust.« Butejews Lippen zitterten. Er hustete wieder, starrte Bisti wie unter großen Qualen an, und man sah ihm an, daß die Angst ihn beutelte. »Vielleicht stimmt das mit den Strahlen wirklich. Ich erkläre das Haus der Familie Jakowlew vorerst als beschlagnahmt.«

»Protest!« brüllte Rachim Victorowitsch und hieb mit der Faust gegen die getünchte Wand. »Ich verlange die Gutachten von Experten!«

»Experten wofür?«

»Für unbekannte flammende Kugeln, die herumschweben!«

»Wie kann es Experten für Unbekanntes geben, du Idiot?« sagte Butejew grob. »Das hier ist ein Phänomen.«

»Dann beantrage ich die Untersuchung des Phänomens.«

»Wie kann man etwas untersuchen, was nicht mehr da ist?!«

»Ich widersetze mich einer Beschlagnahme meines Hauses!« schrie Jakowlew. »Ich beantrage eine Kommission aus Karaganda.«

Das war genau das, was Butejew nicht wollte. Das hier war seine feurige Kugel, von ihm aus jetzt sogar ein Wunder; da hatte kein anderer daran herumzukratzen, am wenigsten die Genossen aus Karaganda, die sowieso immer so hochmütig auf die ehrbaren Bürger der Steppenorte herabblickten. Das Wunder von Bajkonur mußte man ausbauen und festigen, ja, geradezu betonieren, ehe man es der staunenden Welt bekanntgab.

»Nur Ruhe, meine Lieben«, sagte Butejew sanfter, als er fühlte. »Man kann ja darüber diskutieren. Alles ist noch so neu. Bis jetzt haben wir drei Meinungen: Es war eine neue amerikanische Waffe ... Es war ein Wunder ... Es waren kosmische Strahlen.«

»Es sind Strahlen!« rief Bisti feierlich. »Ich spüre sie auf der Haut.«

Kunstmaler Rachim Victorowitsch Jakowlew ließ sich zu der Erklärung herbei: »Begnügen wir uns mit der Feststellung: Hier schwebte eine feurige Kugel herum, und weg ist sie ...«

»Das sieht ihm ähnlich, dem Farbenkleckser!« entgegnete der Elektriker Bassow erbost. »Da kommt etwas Einmaliges, Unerklärbares nach Bajkonur, und nun will man es totschweigen. Nichts da, Genossen – das schließt unser aller Schicksal ein. Wir alle sind ein Teil davon. Die ganze Welt wird über Bajkonur sprechen ... Aber Jakowlew will es einfach unter den Tisch kehren, als sei nur ein Fußball durch seinen Laden geflogen! Ich beantrage, daß dieses Haus unter Denkmalschutz gestellt wird!«

»Und mein Geschäft?« schrie Weronika Alexandrowna.

»Man kann auch in einem Denkmal Nudeln verkaufen!« sagte Butejew weise. »Vorerst jedenfalls. Später werden es Broschüren und Bilder, Andenken und Medaillen, Teller und Vasen, Halsanhänger, Ringe und Armbänder sein, die alle daran erinnern, daß Bajkonur ein auserwählter Ort geworden ist. Das Lourdes der kasakstanischen Steppe. Marienerscheinungen hat es genug gegeben ... wer aber hat eine feurige Kugel vorzuzeigen, die durch einen Lebensmittelladen schwebt, einen Meter über dem Boden?«

»Und die vor einem Korb mit kandierten Feigen stehenbleibt«, fügte Weronika feierlich hinzu. »Und dabei zittert ...«

Man kann nicht unentwegt diskutieren. Einmal wird jedes Thema, auch wenn es noch so erhaben ist, erschöpft. Selbst Butejew brach gegen Nachmittag die Untersuchung ab, bestimmte gegen den Protest Rachim Victorowitschs, daß das Haus ab sofort für die Allgemeinheit gesperrt werde, und ließ den Polizisten Iwan Michailowitsch Gubenko als Bewachung zurück.

Das war ein Fehler, den aber niemand vorhersehen konnte. Wer ahnte schon in Bajkonur, daß der stramme und lenintreue Gubenko heimliches Mitglied einer geheimnisvollen Sekte war, die sich ›Jünger des Abendmahls‹ nannte und sich monatlich einmal nachts am Salzsee traf.

Gubenko hatte die Aussagen der Zeugen mit Interesse und innerem Schauern verfolgt. Für ihn stand außer Zweifel, daß Gott hier ein Wunder hatte geschehen lassen als sichtbares Zeichen dafür, daß er die ›Jünger vom Abendmahl‹ liebte, daß er sie segnete und daß der Stern, den er vom Himmel durch den Lebensmittelladen von Jakowlew rollen ließ, ein Ausdruck der Kraft sei. Habt Mut, sollte das heißen, ich bin bei euch ... mein Stern beweist es euch! Warum er den Stern gerade durch das Haus des Mohammedaners Rachim Victorowitsch rollen ließ, gab zwar Rätsel auf, doch Gottes Ratschlüsse sind unergründlich und nicht kritisierbar. Immerhin war Weronika eine Christin und Rachim dadurch, daß er sie geheiratet hatte, eine Art Verräter am Islam.

Jakowlews Haus wurde also verschlossen. Gubenko saß im Wohnzimmer und nahm mit den unglücklichen Leuten das Abendessen ein, eine aufgewärmte Hammelschulter mit Reis. Dann trank er einen kleinen Krug Kwass und rauchte eine lange, dünne schwarze Zigarre, die Jakowlew ihm auch noch spendierte.

»Kannst ja nichts dafür, Iwan Michailowitsch«, sagte Rachim Victorowitsch, »hast deine Befehle, mußt gehorchen wie der Ochs vorm Pflug. Iß und trink und rauch ... wer weiß, wie lange du noch unser Gast sein kannst. Es braut sich Fürchterliches über unserm Haupt zusammen. Warum mußte die Feuerkugel ausgerechnet bei uns durchschweben? Konnte sie nicht um das Haus herum? Neben das Haus ... Platz genug ist doch da! Aber nein ... muß zur Ladentür herein und durch die Hintertür hinaus! Ich frage mich, was wäre passiert, wenn die Hintertür nicht offengestanden hätte? Hätte sie kehrtgemacht?«

»Gott hätte Rat gewußt, er weiß immer Rat ...«, sagte Gubenko feierlich und paffte den Zigarrenrauch gegen die Decke.

»Was hat Allah damit zu tun?«

»Wir Christen sind hier in der Mehrzahl, also war es unser Gott«, sagte Gubenko mit zwingender Logik. »Diese Kugel war ein Stern.«

»Ein Stern!« lachte Jakowlew auf. »Am hellichten Tag?«

»Du bist nicht gesegnet, Rachim Victorowitsch. Laß es

dir gesagt sein. Warum verstehst du die Sprache des Himmels nicht? Wem ist schon ein Stern durch das Haus geschwebt? Nicht mal den Aposteln und Propheten!«

»O Gott, das stimmt!« sagte Weronika Alexandrowna leise und faltete die Hände. »Noch nie ist das passiert. In der Bibel steht es nicht ...«

»Nur von einem Stern steht da geschrieben. Der Stern von Bethlehem – und er leuchtete unserem Herrn! Nun, nach bald 2000 Jahren, schwebt ein zweiter Stern über einem Haus, nein, *durch* ein Haus, ein noch viel größeres Wunder ... und es ist dein Haus, Jakowlew. Oh, Bruder, knie nieder und danke dem Herrn ...«

Weronika fiel sofort auf die Knie, bekreuzigte sich und betete stumm mit sich bewegenden Lippen. Rachim Victorowitsch glotzte ziemlich blöd den Polizisten Gubenko an, der plötzlich wie ein Pope sprach und weltentrückte Augen hatte. Was Gubenko da sagte, stimmte Jakowlew nun wirklich nachdenklich. Eines war wahr: Noch nie war ein Stern in einem Meter Höhe vom Boden aus durch ein Haus geschwebt. Das hatte es nur bei Jakowlew in Bajkonur gegeben. So gesehen, war Rachim Victorowitsch etwas Einmaliges auf der Welt, zumal er den Stern so nahe wie niemand beobachten konnte. Er hatte ihn sogar gerochen, was aber die anderen bezweifelten.

»Was sollen wir machen?« fragte Jakowlew. »Der Genosse Butejew setzt es durch und macht aus unserem Haus ein Denkmal.«

»Wir müssen ihm zuvorkommen!« sagte Gubenko mit fester Stimme. »Wenn er morgen früh hier wieder erscheint, muß es schon ein Gotteshaus sein.«

»Mein Lebensmittelladen ein Gotteshaus!« seufzte Weronika Alexandrowna ergriffen. »Wer hätte das gedacht! Wie wird ein normales Haus zu einem Gotteshaus, Iwan Michailowitsch?«

»Indem man zunächst eine geweihte Glocke hineinhängt. Oder ein Kruzifix.«

»Es kann auch eine Gebetsnische nach Mekka sein«, knurrte Rachim.

»Wo bekommen wir bis morgen eine geweihte Glokke, ein Kruzifix und eine Gebetsnische her?« jammerte Weronika.

»Gemach, ihr Lieben!« Gubenko hob die rechte Hand. »Es ist alles vorbereitet. Ich habe dafür gesorgt. Man muß die Zeichen des Himmels lesen können ...«

Gegen Mitternacht klopfte es an der Ladentür. Die Jakowlews schraken hoch und erbleichten. Ein neuer Stern? Aber klopfen Sterne an die Tür?

»Da ist er endlich«, sagte Gubenko gemütlich. »Ich gehe öffnen ...«

»Wer ist da?« fragte Rachim und wischte sich den Schweiß von der Stirn. »Oleg Georgijewitsch Iwin ...«

»Der Schielende?« schrie Weronika auf. »Was will der Totengräber bei uns? Nimmt er schon Maß? Sind wir wirklich von Strahlen verseucht?«

»Er bringt das Glöcklein und das Kreuz«, sagte Gubenko beruhigend. »Morgen früh wird Butejew staunen!«

Oleg Georgijewitsch Iwin war in Bajkonur so bekannt wie Sichel und Hammer. Es war nicht zu umgehen: Jeder mußte einmal durch seine Hände, früher oder später, und es spielte da keine Rolle, ob er einem sympathisch war oder nicht. Lag man da, steif und stumm für immer, und wurde im offenen Sarg zu Grabe getragen, zum letzten Abschied – dann stand als letzter Iwin in der Reihe, wuchtete den Sargdeckel auf den Toten, verschraubte ihn und ließ ihn mit drei anderen Genossen in die Grube. Später, wenn alle gegangen waren, schaufelte er das Grab zu, und da konnte man hören: »Ein Halsabschneider war er. Ein Geizkragen! Hast du die Witwe nicht weinen sehen? Lachen hätte sie müssen. Seit neun Jahren hat er nur gesoffen und gehurt. Nun ist Ruhe. Pah!« Oder man hörte: »Ein feiner Mann war er. Ein edles Gemüt. So ist es – die Wertvollen sterben zuerst, es überleben immer die Halunken. Man hätte ihm hundert Jahre gönnen können.«

Verständlich, wenn die Hinterbliebenen meist versuchten, Iwins allerletzte Worte positiv zu beeinflussen. Er verdiente gut dabei. Wenn man ihm zwanzig Rubel gab, vergoß er am Grab sogar Tränen und trauerte sicht- und hörbarer als Witwe, Tochter und Sohn. Seine Glanzleistung vollbrachte er nach einem Trinkgeld von sage und schreibe 100 Rubel. Da warf er sich über den Sarg und schrie herzerweichend – aber wohl hauptsächlich deshalb, weil ihm bei so viel Schwung ein Holzsplitter ins Kinn gefahren war. Nach diesem unvorhergesehenen Zwischenfall nahm Iwin keine 100-Rubel-Aufträge mehr an.

Fürchterlich aber war sein Schielen. Die Haltung seiner Augen galt als medizinische Sensation. Schon mehrmals hatte man ihn für medizinische Lehrbücher fotografiert. Und in den Hörsälen der Universitäten von Karaganda und Taschkent, Samarkant und Buchara schielte er vor Tausenden von Studenten, die seinen Auftritt sogar beklatschten, als sei er ein großer Sänger. Diejenigen Menschen, die nicht rechtzeitig vorgewarnt worden waren, kamen in Verlegenheit, wenn Iwin sie ansah. Sie lächelten zurück, aber er verzog keine Miene, denn in Wirklichkeit blickte er zur anderen Seite. Blickte er aber weg, und die Ahnungslosen atmeten auf – dann sah er einen gerade an ... so verwinkelt waren seine Augen.

Jetzt, vom Polizisten Gubenko gerufen, erschien Iwin mit einem Sack über der Schulter.

Er begrüßte Rachim Victorowitsch mit einem Kopfnicken und blickte dabei im rechten Winkel vorbei. Das hieß: Er sah den Kunstmaler Jakowlew voll an. Als er den Sack von der Schulter fallen ließ, ertönte ein heller Ton.

Gubenkos Gesicht verklärte sich. »Wo hängen wir das Glöcklein auf?«

»Ja, wo denn?« sagte Jakowlew hilflos.

»Dort, wo der feurige Stern stehengeblieben ist!«

»Vor dem Korb mit den kandierten Feigen?«

»Darüber!«

»Da hingen früher Würste ...«

»Jetzt wird dort unsere Glocke hängen«, sagte Gubenko feierlich, »im geweihten Raum. Der Stern von Bajkonur ... Freunde, mir schießen die Tränen in die Augen! Wer ist schon so wie wir gesegnet worden?!«

In der Nacht montierten der Schielende und der Polizist Gubenko die Glocke an die Decke des Lebensmittelladens. Rachim Victorowitsch, der Kunstmaler, ließ es sich nicht nehmen, für Allah ebenfalls etwas zu tun und die eifrigen Christen nachzuahmen. Aus Kisten bastelte er eine Gebetsnische, überklebte sie mit buntem Schrankpapier, legte einen Teppich davor und ortete mit einem Kompaß genau die Richtung, in der die heilige Stadt Mekka liegen mußte.

Bei Anbruch des Tages zog Iwin am Glockenseil,

Gubenko und Weronika Alexandrowna beteten, und Rachim Victorowitsch lag vor seiner Gebetsnische auf den Knien und murmelte Suren.

Mit Beginn der Geschäftszeit aber stand Gubenko draußen und verscheuchte die Kundschaft. Die Jakowlews saßen hinter der Scheibe, zählten die Kunden, rechneten sich ihren Gewinn aus, der nun verlorenging, und schluchzten leise und trocken in sich hinein.

Gegen neun Uhr fuhr der Dorfsowjet Butejew vor. Er sah übernächtigt aus, blaß um die Augen, farblos fast die Lippen. Die Aufregung hatte ihn wachgehalten. Wem geht es nicht ans Herz, wenn eine leuchtende Kugel am hellen Tag durch ein Haus schwebt?

»Etwas Neues?« rief er schon beim Aussteigen. »Iwan Michailowitsch, was haben Sie zu melden?«

»Jetzt ist eine Glocke da!« sagte Gubenko mit strammer Haltung.

»*Was* ist da?« schrie Butejew und mußte sich an seinen Wagen lehnen. »Eine Glocke? Wo?«

»Sie hängt an der Decke, genau über dem Punkt, wo die Kugel stehengeblieben war.«

»Wer hat sie da hingehängt?« brüllte Butejew mit hochrotem Gesicht.

»Das frage ich mich auch, Genosse.«

»Sie hatten Wache, Gubenko! Warum haben Sie das nicht verhindert?«

»Man hat nichts gehört. Es war lautlos. Plötzlich, gegen Morgen, bimmelte es. Eine Glocke hing unter der Decke an einem Balken ...« Gubenko blickte tapfer auf den nach Luft ringenden Butejew. »Da die Glocke ein christliches Symbol ist, hat der Genosse Jakowlew sofort eine islamische Gebetsnische gebastelt und in Richtung Mekka aufgestellt. So wurde das Gleichgewicht wiederhergestellt.«

»Raus mit beiden!« schrie Butejew und fuchtelte mit den Händen durch die Luft. »Raus mit Jerusalem und Mekka!«

»Wie kann eine Glocke ganz allein an einen Balken kommen?« fragte Gubenko und rührte sich nicht. Er ahnte, daß Butejew am allerwenigsten selbst die Glocke herunterreißen würde. »Hier war es so: Plötzlich hing sie da!«

Butejew schwieg, ließ die Tür des Ladens öffnen und besichtigte die Glocke. Sie war aus gemeinem Messing, ließ sich durch einen gewöhnlichen Hanfstrick schwenken und wirkte durchaus nicht überirdisch. Dennoch verspürte sogar Butejew einen kalten Schauer über den Rücken laufen bei dem Gedanken, daß diese Glocke von allein an den Balken gelangt sein sollte.

»Eine Glocke kann sich doch nicht selbst montieren«, zischte er zwischen den Zähnen zu Gubenko hin. »Wer das glaubt, der ist wahnsinnig.«

»Es hat auch noch niemand einen feurigen Ball in einem Meter Höhe lautlos vorbeischweben sehen. Aber wir wissen nun: Das gibt es!« erwiderte Gubenko.

»Und wie denken Sie darüber, Iwan Michailowitsch?« flüsterte Butejew, als stände er wirklich in einem geheiligten Raum.

»Ich bin Milizionär und kein Philosoph, Genosse«, antwortete Gubenko stramm. »Als Beamter denke ich nicht, sondern führe nur aus ...«

»So bequem möchte ich es auch mal haben«, sagte Butejew bitter und verließ das verfluchte oder geweihte

Haus – je nachdem, wie man die Dinge betrachtete. »Ich werde die Feuerwehr beauftragen, die Glocke abzunehmen.«

Das Vorhaben scheiterte. Nicht an der Glocke, die sich vielleicht gar nicht abnehmen ließ – wer wußte das? –, sondern am Widerstand des Genossen Brandmeister. Der Schielende hatte ihn bereits gewarnt, bevor Butejew bei ihm erschien.

»Es ist nicht Aufgabe der Feuerwehr, etwaige Wunder zu entfernen«, sagte der Brandmeister betont. »Siebzig Prozent meiner Leute sind sehr gläubig ... sie würden niemals auf die Leiter steigen und so etwas ausführen.«

»Die anderen dreißig Prozent reichen!« bellte Butejew. »Ich brauche zwei Mann!«

»Nicht von uns, Genosse! Befehlen Sie das einem städtischen Arbeiter! Ich bin gern bereit, selbst die Glocke abzunehmen, wenn Sie mir erklären können, wie sie an den Balken gekommen ist.«

»Die Engelchen haben sie aufgehängt!« brüllte Butejew außer sich.

»Wenn es so ist, hat die Feuerwehr dort nichts zu suchen ...«

Damit war das Gespräch beendet. Butejew fuhr zu den Jakowlews zurück und fand das ganze Haus voller Menschen. Sie trugen brennende Kerzen in den Händen, Heiligenbilder, Reise-Ikonen, Blumensträuße, Blütenkränze und geflochtene Girlanden. Meist waren es alte, gebeugte Weiblein, aber der Aufmarsch war enorm und die Stimmung wie bei einer Prozession. Über allem lag das einförmige Gemurmel von Gebeten.

Polizist Gubenko regelte den religiösen Verkehr. Er ließ jeweils fünf Weiblein in den Laden, verschloß dann die Tür und wartete, bis drinnen das Glöcklein bimmelte. Das hieß: die nächsten bitte. Iwin, der Schielende, stand am Glockenstrick und bestimmte die Betzeit. Um ihn herum hatte der Kunstmaler Flechtkörbe für die Opfergaben aufgestellt ... das war ein Metier, in dem sich Iwin auskannte. Wer gut in die Körbe legte, durfte auch länger unter der Glocke beten. Oleg Georgijewitsch hatte ein strenges, waches Auge, auch wenn er in die andere Ecke guckte. Aber die Weiblein kannten ihn ja nur zu gut ... sie waren doch allesamt Witwen oder standen nahe davor.

»Das ist Massenwahn!« stammelte Dorfsowjet Butejew und blieb in seinem Auto sitzen. »Die gesamte Struktur von Bajkonur wird zerstört. Man sollte das Haus morgen in die Luft sprengen!«

Von eins bis drei Uhr legte Polizist Gubenko eine Ruhepause ein. Weronika und Rachim zählten die Opfergaben und kamen auf 245 Rubel und 90 Kopeken. Dazu dicke Kerzen, Blumenkränze, gehäkelte Spitzendecken und sogar einen noch warmen Topfkuchen in Form einer Glocke.

Gubenko war begeistert: »245 Rubel! An einem Vormittag! Das ist phänomenal! Da sieht man einmal, was die Kirchen verdienen, wenn sie die richtigen Heiligen haben. Aber nun sind wir dran, die ›Jünger vom Abendmahl‹. Wir haben zur richtigen Zeit das richtige Wunder bekommen ...«

Auch Oleg Georgijewitsch Iwin, der Schielende, war begeistert. Da ihm stillschweigend 10 Prozent der Wohltätigkeit zustanden, war er doch aufgrund seines Augenleidens selbst bedürftig, konnte man die rund 26 Rubel an einem Vormittag als guten Erfolg bezeichnen, zumal er dafür nicht am Grab weinen und sich seelisch verausgaben mußte. Das Ziehen am Glockenstrick war kaum Arbeit zu nennen.

Am Nachmittag erschien zunächst der Wunderheiler Bisti in großer Aufregung. Er war erst jetzt abkömmlich, da seine Patienten sich nicht abwimmeln ließen. Wie von der Tarantel gestochen, war er vor einer halben Stunde aufgesprungen, als ihm ein Patient mitteilte, im Hause der Jakowlews hänge jetzt eine Wunderglocke, zu der schon Prozessionen unterwegs seien.

Nun sah Jefim Jefimowitsch, daß er zu spät gekommen war. Die erste Runde war schon an Gauner gegangen, die noch schneller gewesen waren als er. Daß sie sogar unter Militärschutz arbeiteten, erschütterte ihn geradezu. Mit an die Brust gedrücktem Kinn stieß er sich durch den Haufen der alten Frauen vorwärts und prallte an der Tür natürlich auf Gubenko, der ihn böse anstarrte.

»Was willst du hier?« fragte Gubenko dunkel. »Deine kosmischen Strahlen kannst du in einen Sack einsammeln und in den See versenken. Hier haben wir ein echtes Wunder!«

»Ich will es betrachten, Genosse!«

»Bitte!« Gubenko öffnete die Tür. Bisti schlüpfte in den Laden, sah als ersten den Schielenden, dann die betenden, knienden Weiber, zuletzt die kleine Glocke oben am Balken. Noch mehr erschütterte ihn die mohammedanische Gebetsnische nach Mekka.

»Du hier?« keuchte er und kam auf Iwin zu. »Du stehst am Seil und läßt die Glocke läuten, du elender Wallach?«

»Wo ist deine milde Gabe, mein Sohn?« fragte der Schielende ungerührt.

»Dreh dich um, damit ich dich in den Arsch treten kann!« knirschte Bisti. »Das ist das mildeste für dich!«

»Wer unter die Glocke tritt, muß opfern ...« Der Schielende drehte den Kopf weg – jetzt sah er Bisti also voll an – und erklärte: »Einmal kitzeln mit deinem Elektrostab kostet ebenfalls fünf Rubel.«

»Einmal schlagen sie dir den Schädel ein«, knurrte Bisti. »Die Glocke ist also ein Wunder?«

»Muß wohl ...«

»Seit wann verkauft Igor Iljitsch Mischura in Karaganda Wunder in seinem Eisengeschäft? Das ist eine gewöhnliche Messingglocke! Ich habe die gleiche ... von Mischura gekauft!«

»Wo läutet sie bei dir, Jefim Jefimowitsch?«

Bisti schwieg verbissen. Die Glocke war einer seiner Tricks. Er hatte den Klöppel mit Leder umwickelt, was einen dumpfen, hallenden Ton abgab. Die Glocke hing unter dem Untersuchungsbett. Bisti konnte sie mit den Fußspitzen in Schwingungen versetzen, und das tat er immer, wenn er einen seiner Patienten auf dem Zentrifugenstuhl bearbeitet und seine Säfte ›getrennt‹ hatte; nun wollte er ihm auf dem Bett zeigen, wie die Säfte sich verlagert hatten. Dabei schüttelte er den armen Menschen – und jedesmal erklang, wie aus dem Körper heraus, der dumpfe Ton. »Das war die Leber ...«, sagte Bisti dann feierlich.

Man muß zugeben: Es war sehr eindrucksvoll. Seine Patienten glaubten an ihn und an seine Wunderkräfte.

Was wußte der Schielende davon? Seine Frage eben hatte provokatorisch geklungen.

»Wir sollten uns arrangieren«, sagte Bisti deshalb vorsichtig. Er schien versöhnlicher gestimmt. »Ihr laßt die

Glocke läuten ... und ich behandle im Hinterzimmer die Kranken mit den kosmischen Strahlen.«

»Nein«, sagte Iwin kurz.

»Das Wunder ist groß genug für zwei ...«

»Wunder sind nicht teilbar ...«

»Mein lieber Oleg Georgijewitsch! Ihr habt eine Glokke erscheinen lassen als Folge des feurigen Wunders. Das ist ein ganz anderer Schuh. Die Möglichkeiten des eigentlichen Wunders, eben der strahlenden Kugel, habt ihr gar nicht ausgeschöpft, ja nicht einmal angekratzt. Was kann man daraus machen, ihr Lieben! Ihr wundert am Wunder vorbei ... welche Vergeudung! Als euer Partner werde ich euch zeigen, was man alles mit Strahlen machen kann. Das ist die große, noch nicht erforschte Zukunft. Da liegen goldene Berge. Alles, was strahlt, fasziniert. Es gibt keinen Menschen, der nicht sofort butterweich wird, wenn man zu ihm sagt: Ha! Ich spüre Ihre Ausstrahlung! Grandios! Überwältigend! Hinreißend ...!« Bisti verschluckte sich vor Erregung und mußte krampfhaft husten. »Wir werden in Rubeln baden können. Natürlich nur freiwillige Spenden ...« Bisti grinste breit. »An einem Wunder verdient man ja nicht ...«

»Das wäre zu überlegen«, sagte der Schielende nachdenklich. »Aber das ändert nichts daran, daß die Glocke von selbst an den Balken kam.«

»Gekauft bei Mischura in Karaganda!« Bisti zeigte nach oben. »Am Klöppel ist die Firma eingraviert. Laß uns nachsehen.«

»Die Wege der Wunder sind verworren«, erklärte Iwin bedächtig. »Warum sollen sie nicht über Karaganda führen? Geheimnisvoll, wie auch die Körpersäfte fließen ...«

»Reden wir nicht mehr davon!« unterbrach ihn Bisti

schnell. Der Lump weiß etwas, dachte er betroffen. Aber ich weiß nun auch genug von ihm – das gleicht sich aus. Es ist schon eine nervenfressende Sache, mit Wundern zu arbeiten. »Wenn wir uns einig sind, falle ich vor dem ganzen Volk auf die Knie und bete die Glocke an. Das wird eine Wirkung haben.«

»Auch für deine kosmischen Strahlen, Jefim Jefimowitsch.«

»Man muß eben verdeutlichen, was nicht allgemein begreiflich ist«, meinte Bisti bescheiden. »Wie stehen wir nun da, Oleg Georgijewitsch?«

»Ich muß mit meinen Partnern reden. Aber ich ahne, daß wir uns annähern können.«

Zufrieden verließ Bisti den Laden und schlug dabei, für alle Wartenden sichtbar, das Kreuz. Ein Raunen ging durch die Menge: Jefim Jefimowitsch bekreuzigte sich, auch ihn hat das Wunder überwältigt!

»Was machen wir nun?« sagte Iwin in einer kleinen Pause, die Gubenko einlegte. »Überlassen wir Bisti die Strahlungen?«

»Nur, wenn er auf 25 Prozent Beteiligung eingeht!« Gubenko rauchte seine Papyrossa und blickte nachdenklich in den Rauch. »Natürlich nur zum Besten unserer Gemeinde.«

»Natürlich nur ...« Iwin blinzelte zu der Glocke empor. »Sie ist wirklich von Mischura aus Karaganda.«

»Idiot!«

»Ich habe sie vor zwei Jahren gekauft und ab 30 Rubel beim Begräbnis geläutet«, sagte Iwin beleidigt. »Wo sollte ich so schnell eine Glocke herbekommen? Zum Glück hängt sie hoch genug, so daß keiner den gravierten Klöppel sehen kann.«

Auch der Arzt Dr. Slobin sah sie nicht, die Gravierung, als er gegen Abend ins Haus kam, um des Wunders zweiten Teil zu betrachten. Aber das erregte ihn auch nicht so sehr ... vielmehr griff ihn der Anblick der großen Altweiberschar ans Herz, denn es waren etliche Frauen darunter, die seit Wochen unbeweglich im Bett lagen und sich von ihm behandeln ließen. Jetzt rutschten sie sehr lebendig und forsch auf den Knien herum und murmelten Gebete.

»Mir stockt der Kreislauf«, sagte Dr. Slobin, heiser vor Zorn. »Da sind neun Weiber darunter, die im Sterben lagen! Wenn ich an ihr Bett trat, röchelten sie wie rissige Zahnräder ...«

»Das hier ist eben ein Wunder, Dr. Slobin!« sagte Iwin treuherzig. »Der Klang der Glocke zusammen mit den Strahlungen ... wer hat dafür Erklärungen?«

»Ich! Das hier ist eine Psychose.«

»Haben Sie etwas Besseres als Gegenmittel?« fragte Gubenko hart. Dr. Slobin starrte ihn ungläubig an. Die Miliz also auch schon, dachte er erschrocken. Der Bazillus der Dummheit ist nicht zu bremsen.

»Ja!« sagte Dr. Slobin laut. »Ich werde mit meinem Jagdgewehr kommen und die Glocke vom Balken schießen. Und dann werde ich auf die Strafe Gottes warten.«

»Es bleibt die feurige Kugel.« Iwin grinste freundlich. »Diese Tatsache können Sie nicht leugnen und nicht erklären. Größer als ein Fußball. Einen Meter über der Erde. Schwebt lautlos dahin, quer durch den Lebensmittelladen. Mit fünf Zeugen, die keine Idioten sind. Das bleibt! Bajkonur und Bethlehem ... beide fangen mit B an ...«

»O Himmel!« stöhnte Dr. Slobin und schlug die Hände

zusammen. »Wohin kommen wir? Entsetzlich wird das! Hier muß doch etwas geschehen!«

Er warf sich herum und rannte aus dem Haus. Im Garten traf er auf Weronika und Rachim. Sie saßen im Abendrot, sahen sehr zufrieden aus und hatten Zahlen im Kopf. Rachim hatte ausgerechnet, daß das Spendenaufkommen der Gläubigen das Zehnfache des Lebensmittelumsatzes im Laden ausmachte. Mit dieser Rechnung konnte man zufrieden leben.

»Guten Abend, Genosse Doktor!« riefen sie im Duett, als sie ihn bemerkten.

Slobin, der eigentlich etwas hatte fragen wollen, winkte ab und verließ das Grundstück durch das Gartentor. Sie sind brave Menschen, dachte er. Ein unbegreifliches Schicksal hat sie einfach überrollt. Nun werden sie auch noch zermahlen. Arme Jakowlews!

Auf der Fahrt nach Hause begegnete Dr. Slobin zwei Jahrmarktswagen. Sie ratterten in Richtung Ortsausgang.

Der Aufbau eines Wallfahrtsortes begann ...

Wer ein Herz in der Brust hat und ein mitfühlender Mensch ist, dem muß klar sein: Butejew war zutiefst zu bedauern. Alexej Igorowitsch wurde von den Ereignissen in seiner schönen, sonst so friedlichen Stadt glatt überrollt. Ein Wunder, das läßt man sich noch gefallen – aber zwei Wunder direkt hintereinander, das übertrifft eben alles, was man bisher gehört hat.

Butejew war es als erfahrenem Dorfsowjet klar, daß es nur eine Frage der Zeit sein würde, bis man in der Bezirksstadt Karaganda von den erstaunlichen Vorgängen in Bajkonur erfuhr. Dann würde der Genosse Gebietskommissar erscheinen, um große Worte zu reden. Stieg dann noch die Presse ein, war es möglich, daß die Affäre Kreise bis nach Moskau zog. Dort würde man Butejew einen Schwachkopf nennen und anordnen, daß er als Ortssowjet abgelöst würde. Das war dann das Ende der so angenehmen und ruhigen Karriere – und alles nur, weil eine feurige Kugel durch den Laden der Jakowlews geschwebt war. Etwas war geschehen, das es gar nicht gibt für einen kleinen Menschenverstand.

Hilflos und voll ohnmächtiger Wut mußte Butejew erleben, wie der Wunderheiler Bisti seine Praxis im Hinterzimmer von Rachim Victorowitsch aufnahm und wie sich seine Patienten mit verklärten Blicken von den kosmischen Strahlen berieseln ließen. Jefim Jefimowitsch stellte sie zu diesem Zweck unter einen schnell konstruierten ›elektromagnetischen Korpuskular-Strahlen-Bogen‹, der aus Sperrholz bestand, überzogen mit Stanniolpapier. Allein der Name erzeugte einen wohligen Schauer, und wer mit gerade gesegnetem Gesicht in diesen glitzernden Bogen trat, der stand dann zehn Minuten unbeweglich da, mit klopfendem Herzen und leuchtendem Blick, und nickte ergriffen, wenn Bisti mit weihevoller Stimme fragte: »Spürst du die kosmische Kraft, Genosse? Sie durchdringt dich, spaltet die Krankheiten auf. Gereinigt wirst du nach zehn Bestrahlungen durchs Leben gehen ...«

Pro Bestrahlung zehn Rubel ... Jefim Jefimowitsch geriet bei seinen Überschlagsrechnungen in einen seligen Taumel. Auch der Schielende, der Polizist Gubenko und die Jakowlews waren zufrieden. Das Wunder würde sie prächtig ernähren.

Das ging so drei Tage lang. Um das Haus der Jakowlews herum standen bereits sieben Verkaufswagen, die Limonade, Fleischbällchen in Bouillon, geröstete Würstchen, Schmalzgebäck, Zuckerwatte und all das verkauften, was man sonst auf Jahrmärkten findet.

Ein geschäftstüchtiger Holzschnitzer fertigte ununterbrochen kleine Holzglocken und fantasievolle Kugeln an, die er mit Goldbronze bestrich und symbolisch mit einem Strahlenkranz versah. Sie verkauften sich wie warme Rosinenbrötchen. Vor allem die Weiblein waren ganz süchtig auf diese Andenken, trugen sie in den Laden und hielten sie der Glocke entgegen, als ströme von ihr ein Segen hernieder.

Ferner gab es einen Wagen mit Ledergürteln, Decken und Strümpfen. Und ein Kinderkarussell mit bunten Holzpferdchen und einem Orchestrion, das neunundsechzigmal am Tag ›Stenka Rasin‹ spielte. Rachim Victorowitsch Jakowlew hatte es gezählt.

Überhaupt Rachim! Er war seit zwei Tagen nicht mehr zu sprechen, saß vor einer riesigen Leinwand und hatte das Gemälde seines Lebens begonnen. Ein Kolossalbild. Die leuchtende Kugel, wie sie durch seinen Garten schwebt. Nur er allein, als Augenzeuge, konnte das genau wiedergeben, was keine Sprache vermochte, wo die Worte fehlten. Es mußte ein Gemälde werden, für das er den sowjetischen Staatspreis bekommen würde. Welcher Augenzeuge hat schon ein Wunder gemalt? Es gibt in der bildenden Kunst dafür kein Beispiel. Es gab nur Jakowlew ... wieder ein neuer Ruhm der Sowjetunion!

Es sah alles so aus, als würde Bajkonur unrettbar zu einem geheiligten Ort werden – wäre nicht nach vier

Tagen David Iwanowitsch Achlomow zurückgekommen.

Man erinnere sich: Achlomow war Lehrer und sammelte Mineralien, hielt geophysikalische Vorträge und traktierte seine Schüler mit Zeitbestimmungen von Versteinerungen. Einen Tag bevor das Wunder geschah, war er nach Magnitogorsk gefahren, um dort einen Fortbildungslehrgang in Mineralogie zu besuchen. Die Mehrung des Wissens ist immer nützlich, und gerade in der heutigen Zeit machen die Wissenschaften von Jahr zu Jahr immer größere Sprünge ins Unbekannte. Vor allem die Vorträge über das Mondgestein hatten Achlomow interessiert, und er hatte vor Wonne gebebt, als er ein winziges Stückchen schwarzgraue Mondoberfläche in seine Handfläche rollen lassen konnte. Der einzige bittere Geschmack lag nur darin, daß Amerikaner es vom Mond geholt hatten, und nicht ein Russe.

Nun also kam Achlomow nach Bajkonur zurück und wurde von seiner Frau mit den Ereignissen im Haus der Jakowlews überfallen.

»Das darf ja nicht wahr sein!« sagte David Iwanowitsch erschüttert. »Butejew hat zwar kein arbeitendes Gehirn, sondern nur einen leblosen Brei im Kopf, aber selbst damit müßte er erkennen, wie man Idiotie zum Wunder erhebt.«

»Große Worte! Wie immer!« meckerte die Achlomowa und wurde unruhig. Auch sie war gestern dabeigewesen, als Iwin die Glocke läutete, und auch sie hatte sich zehn Minuten unter Bistis Strahlenbogen gestellt und genau gespürt, wie es sie kribbelnd durchrieselte. »Sieh es dir erst an! Laß dich überzeugen vom Überirdischen ...«

»Keiner zweifelt daran, daß es überirdische Kräfte gibt.«

»Aha!« rief die Achlomowa triumphierend. »Jetzt gibst du klein bei!«

»Ich werde nie bestreiten, daß es Dinge unter unserem Himmel gibt, die wir nicht begreifen können ...«

»Das hört sich gut an, David. Mehr behauptet ja auch keiner!«

»Aber es gibt Idioten, die noch heute behaupten, es gäbe einen Mann auf dem Mond!«

Achlomow trank noch eine Tasse Tee, knabberte ein Stück Gebäck und machte sich dann auf den Weg zum Parteihaus. Aus seiner Bibliothek nahm er ein dickes Buch mit. Ahnungsvoll sah die Achlomowa ihm nach. Wenn David Iwanowitsch mit Büchern loszog, verhieß das gerade im Falle eines Wunders nichts Gutes. Er sah ganz danach aus, als wollte er gegen das göttliche Zeichen opponieren und seine eigene andere Ansicht dagegensetzen.

Typisch für ihn, dachte die Achlomowa wütend. Immer weiß er alles besser. Ist ja ein Lehrer, wie kann es da anders sein? Erst kommt der liebe Gott, dann der Lehrer, dann lange nichts mehr, und dann die ganze dumme Menschheit.

Sie seufzte und hoffte inbrünstig, daß niemand David Iwanowitsch erzählte, wie auch seine Frau einen Psalm unter der Glocke gesungen und bei Bisti eine Behandlung von zehn Bestrahlungen unterschrieben hatte.

Achlomow brauchte nicht lange zu warten, als er sich bei Butejew anmeldete. Alexej Igorowitsch ließ ihn sofort zu sich kommen. Er war um Jahre gealtert, hatte tiefe Ringe unter den Augen und zitterte leicht mit den

Händen. Nicht jedem ist es gegeben, mit Wundern zu leben und dennoch gelassen zu bleiben.

»Endlich sind Sie zurück!« rief Butejew glücklich. Er zog Achlomow an sich, küßte ihn brüderlich und umarmte ihn. »Haben Sie von den Ereignissen in unserer Stadt gehört, Genosse?«

»Darum bin ich sofort gekommen. Ich habe noch den Staub von Magnitogorsk an den Schuhen. Höre das alles von meiner Frau und sage zu mir: Trink schnell eine Tasse Tee, iß einen Butterkringel, und dann sofort zu Butejew, dem Armen. Muß er gelitten haben!«

»Ich leide noch, mein bester David Iwanowitsch! Aus Bajkonur wird ein Wallfahrtsort. Was kann mir Ärgeres passieren? Dieser Massenwahn ...«

»Und alles wegen eines Gewitters ...«, sagte Achlomow geradezu angewidert.

»Ein Gewitter?« Butejew starrte den Lehrer betroffen an. Sprach man über zwei ganz verschiedene Dinge? »Eine feurige Kugel schwebte durch Jakowlews Lebensmittelladen ...«

»Ich habe es vernommen. Was ist daran so aufregend?«

Butejew schluckte, als müsse er sich von einem Kloß im Hals befreien, und setzte sich schwer auf die Schreibtischkante. »Ein solches Erlebnis erschüttert Sie nicht?«

»Nein.«

»Natürlich, natürlich! Als Lehrer haben Sie Übung im Umgang mit der Dummheit. Da bekommt man lederne Nerven! Verstehe – aber unsereiner ... und das gemeine Volk ... Sie sollten sich das ansehen, David Iwanowitsch: Buden, Karussells, ein richtiger Jahrmarkt ... und mittendrin das Haus von Jakowlew und dazu Jefim Jefimowitsch, der die kosmischen Strahlungen ausnutzt und mit ihnen heilt ...«

»Was tut Bisti?« rief Achlomow erschüttert. »Er heilt?«

»In vier Tagen hat er dreihundertneunundvierzig Kranke behandelt. Siebzig Prozent fühlen sich schon wohler, vor allem die Rheumakranken springen wieder herum wie junge Böcklein.«

»Es ist nicht zu fassen«, stammelte Achlomow.

»Und im Laden läutet die von selbst aufgehängte Glokke.«

»Läutet von selbst?«

»Das nicht. Iwin zieht am Seil!«

»O Himmel!« stöhnte Achlomow.

»Das kann man sagen!« Butejew rollte mit den Augen. »Ich bin am Ende meiner Nerven, Genosse Lehrer. Wenn es einen Gott gibt – warum straft er mich denn so? Ausgerechnet mich? Ich habe ihm nie etwas getan, ich habe ihn nur verschwiegen.«

»Ich will mir das ansehen«, sagte Achlomow heiser. Er klemmte das dicke Buch unter seine Achsel und zog das Kinn an. »Alexej Igorowitsch, es gibt keine Wunder. Alles ist erklärbar.«

»Die strahlende Kugel nicht!« Butejew seufzte laut. »Daran zerbreche ich ja.«

»Auch die Kugel!« Achlomow klopfte gegen das Buch. »Gehen wir zu Jakowlew ...«

Es war noch viel ärger, als Butejew es geschildert hatte.

In der Nacht waren vier neue Jahrmarktswagen hinzugekommen. Jetzt konnte man sogar Elektroauto fahren, bemalten Lebkuchen kaufen und außer ›Stenka Rasin‹ auch hundertmal am Tag die ›Kosakenpatrouille‹ hören.

Iwin hatte zum Glockenläuten einen Helfer von der Feuerwehr geholt, und man arbeitete jetzt in zwei Schichten; Bisti hatte in einem Schnellkurs den guten Rachim Victorowitsch angelernt, und nun bereitete Jakowlew die Patienten für den ›Strahlenbogen‹ vor, indem er jedem einen nassen Handtuchkragen um den Hals legte, damit ›der elektrische Fluß besser zirkuliert‹. Hilfe bekam Bisti dabei von dem Elektriker Bassow, der bestätigte, daß Wasser ein guter elektrischer Leiter sei. Von da ab gab es keine Bedenken mehr.

Weronika hatte am Hinterausgang einen Stand mit gebratenen Fleischkugeln aufgebaut, die sie nachts herstellte. Jeder, der aus Bistis Behandlung kam, kaufte sich einen Fleischkloß, vor allem deswegen, weil der Kloß – wie Bisti erklärte – ja auch im Strahlenfeld liege und deshalb der Gesundheit diene. Am Umsatz der Klöße war Bisti natürlich mit 20 Prozent beteiligt.

Das alles traf Butejew nun an. Er faltete erschüttert die Hände, und tiefe Furchen gruben sich in sein gealtertes Gesicht.

»Wir sind verloren, Genosse Lehrer«, sagte er rostig. »Das hält keiner mehr auf.«

Achlomow hob die Schultern, klemmte sein dickes Buch unter und entstieg dem Amtswagen, der sie hergebracht hatte. Polizist Gubenko, der sie zuerst sah, raste in den Laden und warf beide Hände in die Luft.

»Der Lehrer ist da!« rief er.

»Achlomow?« Iwin ließ das Glockenseil los. »Wo?«

»Draußen! Mit einem Buch unterm Arm!«

»Jetzt müssen wir ganz ruhig und klug vorgehen, Iwan Michailowitsch«, sagte der Schielende. »Nur keine Panik! David Iwanowitsch ist ein gerissener Hund! Was soll in dem Buch schon stehen? Bestimmt nichts von strahlenden Kugeln ... Also ganz ruhig, Genossen!«

Auch Bisti verzog sein Gesicht, als er von Achlomow hörte. Er beendete die Bestrahlungsrunde, trank zwei Wodka und war bereit, gegen etwaige wissenschaftliche Angriffe anzutreten.

»Die Glocke mag er bezweifeln«, sagte er zu Iwin. »Gegen die Kugel kommt er nicht an ...«

Langsam, mit einem Kopfschütteln, durchquerte Achlomow den Lebensmittelladen und das Hinterzimmer. Er nahm den gleichen Weg wie die Strahlkugel, betrachtete die Glocke, ging durch die Hintertür hinaus in den Garten und blickte in die Richtung, in der das Wunder verschwunden war.

Auf dem Rückweg staunte er über das angefangene Gemälde von Jakowlew.

»So sah die Kugel aus?« fragte er.

»Genauso und nicht anders!« antwortete Rachim Victorowitsch stolz. »Ein Malerauge ist unbestechlich.«

»Du bist ein guter Maler!« Achlomow klopfte Jakowlew auf die Schulter. »Sie konnte gar nicht anders aussehen.« Er setzte sich auf einen Hocker neben Weronikas Fleischklöße, nahm einen vom Holztablett, aß ihn und putzte sich den Mund mit dem Handrücken ab. »Es ist doch wahr: Am Tag des Wunders lag ein Gewitter über der Steppe?«

»Ein Mistwetter!« rief Butejew. »Ganz krank machte es! Der Himmel wie Blei, aber kein Tröpfchen Regen! Genauso wie an dem Tag, als Sie wegfuhren, Genosse Lehrer. Ein Wetter, das die Nerven zersägt. Jeder hätte jeden umbringen können ...«

»Eine Luft voller Elektrizität!« Achlomow überlegte, ob

er einen zweiten Fleischkloß essen sollte. Weronika Alexandrowna kochte vorzüglich und würzte scharf. »Der Genosse Elektriker Bassow lachte mich aus ... man kann es ihm nicht übelnehmen. Was weiß er vom Kosmos?!«

»Ha! Also doch der Kosmos!« schrie Bisti begeistert. »Ich bin rehabilitiert!«

»Die elektrische Entladung zwischen zwei entgegengesetzt geladenen Wolken oder zwischen einer Wolke und der Erdoberfläche nennt man Blitz.« Achlomow legte das dicke Buch auf seine Knie, aber er schlug es nicht auf. Iwin schielte ihn schauerlich an, Bisti öffnete den Hemdkragen, weil ihm warm wurde, Butejew blickte an die Decke. Jetzt redet er vom Blitzen, dachte er. Stundenlang. Man kennt das ja? O weh, wenn Achlomow, der Lehrer, doziert! Eins merkt man schon: Das Wunder kann auch er nicht erklären.

»Es gibt da verschiedene Formen des Blitzes«, fuhr Achlomow fort. »Da ist der wie ein Flußdelta verästelte Linienblitz – den kennen wir alle. Und dann gibt es noch den Perlschnurblitz, der eben aussieht wie eine Perlschnur. Die Spannung des elektrischen Feldes zwischen den Wolken kann 1000 Volt pro Zentimeter erreichen, und wenn so ein Linienblitz herunterzuckt, in einer Sekunde, und mit einer Geschwindigkeit von 1000 Kilometern in der Sekunde, dann kann er eine Spitzenstromstärke von 100 000 Ampere haben und eine elektrische Spannung von fast 30 Millionen Volt!«

»Wir danken Ihnen, Genosse Lehrer«, sagte Butejew steif, als Achlomow Atem holte. »Das war alles? Blitze sind uns bekannt. Sind schon genug Scheunen durch die abgebrannt.«

»Ihr kennt die Blitze nicht!« Achlomow drückte seinen

Daumen in das dicke Buch, aber noch schlug er es nicht auf. »Es kommt vor, daß sich durch besondere atmosphärische Bedingungen die ungeheure Elektrizität komprimiert, also zusammenzieht, und daß bisher unsichtbare Kraftfelder zu Materie werden, sichtbar, darstellbar ... Mit genauen Erklärungen ist man noch nicht so weit. Aber es gibt diese elektrischen Phänomene! Man nennt sie – ihrer Form wegen – Kugelblitz.«

»Haha!« brüllte Bisti auf. Er war hochrot im Gesicht und bebte am ganzen Leib. »Auch eine Deutung des Wunders! Ein Blitz! Genossen, man muß sich an den Kopf fassen ... Ein Kugelblitz, hihi! Ich bekomme Magenkrämpfe vor Lachen!«

Butejew starrte Achlomow entgeistert an. Iwin schwieg klugerweise. Es war gut, daß niemand auf seine Glocke zu sprechen kam.

»David Iwanowitsch ...«, sagte Butejew heiser, »Sie machen einen Witz ...«

»Durchaus nicht, es war ein Blitz!«

»Eine Kugel ...«

»Natürlich.«

»Schwebt lautlos durch die Ladentür hinein und durch die Hintertür hinaus ...«

»Der Durchzug, der durch die offenen Türen entstand, schrieb diesen Weg geradezu zwingend vor.«

»Kommt herein und macht halt vor dem Korb mit kandierten Feigen ...«

»Da war der Luftzug etwas schwächer.«

»Und schwebt davon in den Garten. Weg ist er.«

»Hat jemand einen Knall gehört?«

»Es donnerte von allen Seiten«, stotterte Jakowlew. »Da kann man es überhört haben.«

»Was?«

»Ein Kugelblitz löst sich meist mit einer Detonation auf.«

»Und ist dann unsichtbar?« höhnte Bisti.

»So ist es. Er wird wieder elektrische Kraft, die sich mit der Erdoberfläche verbindet.« Achlomow machte eine Armbewegung. »Durch das Haus der Jakowlews ist kein Wunder geflogen, sondern ein Kugelblitz!«

»Lüge!« schrie Bisti und hüpfte auf der Stelle. »Alles Lüge! Ich habe die kosmischen Strahlen gespürt, meine Patienten auch, fast alle sind gesünder geworden, fühlen sich wohl, Rheumatiker können tanzen und Asthmatiker können singen ... Es ist ein Wunder geschehen, nur der neidische Lehrer will es zerreden ...«

Achlomow blieb ruhig. Er zeigte auf das angefangene Bild und nickte dem sichtbar verwirrten Jakowlew zu. »So hast du es gesehen?«

»Ja.«

»Und so wurde es fotografiert!« Er schlug das dicke Buch auf und hielt es hoch. Deutlich war es zu sehen, eine ganze Seite voll: Ein Kugelblitz! Er sah nicht um einen einzigen Millimeter anders aus als das Wunder, das durch Jakowlews Laden geschwebt war. Eine Kugel mit einem weißgoldenen, bläulich schimmernden Strahlenkranz.

»Ich habe schon immer keine Lehrer gemocht«, sagte Bisti dumpf und zog seinen Rock an. Vier Tage rann das Glück ... seien wir damit zufrieden. Man kann den Strahlenbogen vielleicht doch noch auswerten. Man muß nur die richtigen Worte finden, um zu überzeugen. »Ein Kugelblitz! Ha! Ich lache! Aber glaubt es nur, ihr schrecklichen Realisten. Glaubt es nur. Nichts ist euch heilig. Selbst Wunder funktioniert ihr zu Kugelblitzen um. An solchem Denken wird die Welt zugrunde gehen!« Er sah über Achlomow hinweg, verließ das Haus und fuhr in die Stadt zurück. Der Schielende folgte ihm nach, nachdem er die Glocke abmontiert hatte. Rachim Victorowitsch gab seiner hölzernen Gebetsnische einen Tritt und zerstampfte sie dann, Weronika Alexandrowna begann mit einem großen Hausputz.

Am Abend waren sie alle weg ... die Gläubigen und die Wunderheiler, der Polizist Gubenko und Alexej Igorowitsch Butejew, dessen Gesicht wieder Farbe bekommen hatte und dessen Sorgenfalten sich wieder glätteten.

Bajkonur war noch einmal gerettet worden. Woher soll ein normaler Bürger wissen, daß es so etwas wie einen Kugelblitz gibt? Genossen, Hand aufs Herz – muß man das wissen? Was verlangt man denn alles von der Allgemeinbildung?

Noch spät in der Nacht saß der Lehrer bei den Jakowlews im Haus und tröstete die Armen.

»Eins verstehe ich nicht«, sagte Rachim Victorowitsch mit verschleiertem Blick. »Wir haben siebzig Prozent im ›Strahlenbogen‹ geheilt. Und nichts, gar nichts soll sein von einem Wunder?«

»Auch das gehört zu den Menschen, Rachim«, erwiderte Achlomow und trank ein Schlückchen Bucharawein. »Heißt es nicht: Der Glaube versetzt Berge? – Wie leicht ist es da, sich eine Krankheit wegzuglauben ... Nur wenn sie später wiederkommt, ist der Jammer groß. – Es gibt keine Wunder!«

»Aber es waren vier schöne Tage«, sagte Weronika Alexandrowna verträumt. »Alle Menschen waren anders. Es sollte viel mehr Kugelblitze geben ...«

In der zweiten Nacht nach der Aufhebung des Wunders von Bajkonur wurden den Jakowlews die Scheiben eingeschlagen. Sicherlich ein Racheakt der abziehenden Jahrmarktswagen. Und mit roter Ölfarbe schrieb jemand an die Hauswand:

Abmanschtschik. Betrüger ...

In welch einer schrecklichen Zeit leben wir doch!

KONSALIK

Wo gibt es neue Schuhe, Genossen?

Das war ein Tag!

Wassja Lukanowitsch Grijenkow hatte es von Juri Leonidowitsch Amossow erfahren. Er lief nun quer durch Nowo Tschemka und teilte es jedem mit, den er traf. Allen Menschen auf der Straße, den Weibern in den Gärten, den Alten, die in den Fenstern hingen und das Leben geruhsam an sich vorbeifließen ließen, den spielenden Kindern, damit sie es ihren Eltern weitererzählen konnten. Sogar seine Abneigung gegen den Popen Wladimir Wadimowitsch überwand Wassja, lief in die kleine, etwas verrottete Kirche und sagte laut in die Stille hinein:

»Väterchen Wladimir ... es gibt neue Schuhe! Ein Hoch auf die Planwirtschaft!«

»Gott sei Lob und Preis!« brüllte eine tiefe Stimme zurück. Dann trat die mächtige Gestalt des Popen durch die Tür an der Ikonastase in den Kirchenraum. Ruckartig blieb sie stehen, als sie Grijenkow erkannte, und faltete die Hände unter dem breiten, schwarzen Bart.

»*Du* bist es?« sagte Väterchen Wladimir. Enttäuschung und Widerwillen schwangen in seiner Stimme. »Mein Söhnchen, bei dir hätte ich es wissen sollen! Du lügst selbst in der gesegneten Luft der Kirche!«

»Es *gibt* neue Schuhe!« sagte Wassja und breitete die Hände aus, um zu bekräftigen, daß Gott ihn strafen möge, wenn er die Unwahrheit sage. »In zwei Tagen kommt die Lieferung nach Nowo Tschemka. Amossow hat ja schon mit der Post den Lieferschein erhalten! Die Schuhe kommen!«

Seien Sie, liebe Leser, nicht beunruhigt, wenn Sie keine Ahnung haben, wo Nowo Tschemka liegt. Man kann nicht alles wissen, und wer Nowo Tschemka nicht kennt, hat auch nicht viel versäumt in seinem Leben. Um es Ihnen einmal zu erläutern: Nowo Tschemka ist eine kleine Stadt in Sibirien, nördlich des Flusses Angara gelegen, der in den gewaltigen Jenissei fließt. Wie ein Messer durchschneidet der Jenissei das riesige Land und unterteilt die Landschaften: Westlich beginnt das sibirische Tiefbecken, östlich erhebt sich das sibirische Hochland. Und genau die Grenze – das ist der Jenissei. Wenn man nun die Angara, die bei Jenisseisk in den großen Strom mündet, aufwärts fährt, nach Norden abbiegt und alle vernünftigen Straßen verläßt bis auf eine, die mitten durch die Taiga geschlagen worden ist, dann kommt man zu einer Siedlung, in der jeder Fremde empfangen wird, als sei es Feiertag: Konduyuk. Von dort aus geht es nordöstlich weiter, wieder durch unendliche Wälder, über Hügel und durch Täler, bis nach Nowo Tschemka. Hier hört die normale Straße auf, hier ist Endstation für die Zivilisation. Was hinter Nowo Tschemka liegt ist Wald ... Wald ... Wald. Unberührtes Land. *Noch* unberührtes, jungfräuliches Land. Dreimal nämlich waren schon Geologen und Landvermesser da, landeten mit Hubschraubern vor der kleinen Stadt, quartierten sich im Gebäude der Partei ein und erzählten, irgendwo dort drüben in der Einsamkeit läge Gas im Boden. Erdgas! Das wolle man anbohren und dann in großen Rohrleitungen wegleiten; zum Wohle der sozialistischen Wirtschaft und zum Ärger der westlichen Kapitalisten. Nach einer gewissen Zeit waren die Gelehrten wieder abgeflogen, und man hatte nicht wieder von ihnen gehört.

Das war vor zwei Jahren.

Sehen Sie: Das ist Nowo Tschemka. Seien Sie also nicht beunruhigt, wenn Sie bis heute nicht wußten, daß es diese winzige Stadt in Sibirien gibt. Aber nun, da Sie sie kennen, sollten Sie teilhaben an den vielen kleinen Sorgen dieser braven Menschen dort oben am einsamsten Fleck Sibiriens.

Wassja Lukanowitsch Grijenkow, der die sensationelle Meldung durch Nowo Tschemka trug, war überall bekannt, denn jeder im Ort mußte einmal an ihm vorbei. – Er war Sargtischler. In den großen Städten ist dieses Handwerk kein Problem. Da werden die Särge maschinell hergestellt; kommen die trauernden Hinterbliebenen, fragt man bloß: »Ist der selige Genosse groß oder klein, breit oder schmal, dick oder dünn?« Und dann führt man in verschiedenen Ausfertigungen den passenden Sarg vor, von billigster Kiefer bis schwerster Eiche.

In Nowo Tschemka ist das ganz anders. Darum lebt man ja auch in Sibirien. Dort besuchte Wassja bei einem Trauerfall die jammernden und wehklagenden Verwandten selbst, holte seinen Zollstock aus der Tasche und maß den Toten. Länge, Breite, Höhe ... man konnte sicher sein, daß es eine wirkliche Maßarbeit wurde. Nur mit den Ersatzteilen klappte es nicht immer, trotz der Planwirtschaft. Mal fehlten die Griffe am Sarg, mal die Schrauben für den Deckel, und wenn jemand sogar ein

Metallkreuz haben wollte, mit einem Christuskörper daran, wurde es ganz kritisch. Dann taten sich Wassja und der Schmied von Nowo Tschemka zusammen und schufen ein handwerkliches Kunstwerk, das dann leider immer von der roten Fahne überdeckt wurde. Denn darauf legte der Stadtsowjet von Nowo Tschemka, der Genosse Parteisekretär Andrej Fillipowitsch Gorski, großen Wert: Die rote Fahne war immer dabei, schon um den Popen Wladimir zu ärgern.

Alles unwichtig, meinen Sie? Was hat das mit den neuen Schuhen zu tun? Gibt es keine Schuster in Nowo Tschemka, wo's doch ein so schönes Städtchen in einer jungfräulichen Landschaft ist?

Es gab sogar drei – aber die erneuerten nur Absätze und Sohlen, oder setzten Flicken auf die zerschlissenen Stellen des Oberleders. *Neue* Schuhe zu machen, für eine ganze Kleinstadt, das würde sie völlig überfordern. Sie kamen nicht einmal mit den Reparaturen nach, und wenn jemand ein Plansoll für Schuster einführen würde, die drei Genossen Schuhmacher von Nowo Tschemka wären einiger goldener Medaillen würdig gewesen!

Nun ist das so mit der Planwirtschaft: Schuhe werden in großen Schuhfabriken hergestellt. Da sitzen Hunderte von Frauen und Männern an modernsten Maschinen, in riesigen, temperierten Hallen, es knattert, hämmert, raschelt, kracht, knirscht und zischt in drei Schichten – und ganz am Ende gleiten auf einem Transportband die fertigen Schuhe lautlos und glänzend, schön und herzerfrischend anzuschauen, hinüber in die Pack- und Versandhalle.

Hier beginnt es sehr sozialistisch zu werden: Die Lieferungen werden nach einem besonderen, von sehr genauen Bürobeamten errechneten und zusammengestellten Bedürftigkeitsgrad aufgeteilt und auf den Weg gebracht. Mit Lastwagen, mit Güterwaggons der Eisenbahn, mit Frachtschiffen auf den breiten Flüssen. Die Schuhe landen dann in den einzelnen Zielgebieten bei den staatlichen Zuteilungsstellen, den Einkaufszentralen, die wiederum nach einem Bedürftigkeitsgrad von fleißigen Bürobeamten ausgerechnet, die Schuhe an Unterverteilungszentralen weiterleiten. Dort blättert man wieder in Listen, wer im nun überblickbaren Gebiet am dringendsten Schuhe braucht ... und siehe da, eines Tages kommen sie im kooperativen Magazin an und können verkauft werden.

Man muß zugeben: Es ist gar nicht so einfach, neue Schuhe gerecht zu verteilen! Daß nun Nowo Tschemka endlich auch auf der Liste stand und die Schuhe – laut dem beim Magazinverwalter Amossow vorhandenen Lieferschein – bereits unterwegs waren, rechtfertigte das Herumrennen Wassjas durch die kleine Stadt. Er, als Außenstehender, wußte es ja zuerst. Und das auch nur, weil er Amossows Großmütterchen Valentina Mahmednowka, die todkrank zum Sterben bereit im Bett lag, bereits heute vermessen hatte, um ihr einen schönen Sarg zu zimmern.

»Ich werde mich selbst erkundigen, ob du nicht lügst!« sagte Väterchen Wladimir jetzt und schlug ein Kreuz vor der einäugigen Madonna mit dem Jesuskind ohne Nase. Das war ein Gemälde von besonderer Schönheit, welches ein in Nowo Tschemka geborener und in Moskau ausgebildeter Künstler gemalt hatte. Leider starb er kurz vor Vollendung des Bildes durch seine eigene Unvorsichtigkeit. Er ging im Wald genau an der Stelle spazieren, an der die Holzfällerkolonne des Kombinats ›1. Oktober‹ gerade rodete und sich bereit erklärt hatte, das doppelte Soll zu erfüllen. Da guckt man nicht durch die Gegend – da müssen die Bäume purzeln! Ein dicker Stamm fiel also auf den begabten Maler und beendete damit auch das Marienbild. Da niemand in Nowo Tschemka in der Lage war, das eine Auge der Maria und die Nase des Jesuskindes fertigzumalen – selbst nicht der Zeichenlehrer an der Schule –, blieb das Gemälde ein Torso. Väterchen Wladimir hing es trotzdem in seiner Kirche auf, weil es so schön war. Gemalt im Stil der Nowgoroder Schule.

»Wenn es stimmt«, sagte der Pope ernst und wandte sich wieder Wassja zu.

»Was dann?« fragte Grijenkow

»Wenn die Schuhe eintreffen, lasse ich die Glocken läuten!« Der Pope blickte dankbar auf die einäugige Maria. »Es ist wert, Gott dafür zu preisen! Ich brauche auch neue Schuhe ...«

Man soll es nicht glauben: Wassja log nicht!

Nachdem wie ein Lauffeuer die Nachricht durch die kleine Stadt geweht war, ließ Parteisekretär Gorski den Lautsprecher auf dem Parteihaus anstellen und seine Stimme über die Häuser und Straßen erschallen. Juri Leonidowitsch Amossow hatte das Magazin zugesperrt und sich in seinem daneben gelegenen Haus verbarrikadiert, weil eine große Menschenmenge vor dem ›Kaufhaus‹ versammelt war und im Sprechchor rief: »Juri Leonidowitsch, kommen wirklich neue Schuhe? Neue Schuhe? Neue Schuhe?!«

»Behaltet die Nerven, Genossen!« rief Gorski. »Ich habe

mich erkundigt: Es stimmt! Die Zentrale in Jenisseisk hat uns die neuen Schuhe zugeteilt. Sie sollen aus dem Schuhkombinat von Krasnojarsk kommen! Ein großer Lastwagen mit Anhänger ist unterwegs. Ich weiß sogar die Zahl: 1000 Paar Herrenschuhe, 500 Paar Damenschuhe! Ruhe, Genossen! Ruhe! Das Parteibüro wird die Bedürftigkeit eines jeden Bürgers prüfen! Wer neue Schuhe nötig hat, wird welche bekommen! Macht den Marktplatz frei, liebe Genossen! Verteilt euch! Vertraut auf die Partei, die immer für euch da ist!«

Nun war es amtlich! Wenn Gorski so etwas über den Lautsprecher verkündete, gab es keine Zweifel mehr. Magazinverwalter Amossow atmete auf, bekam aber gleich darauf einen fast tödlichen Schrecken. Die Tür zum Wohnzimmer öffnete sich nämlich, in einem langen weißen Sterbehemd stand Großmütterchen Valentina im Raum, stützte sich auf ihren Stock und streckte ihren Zeigefinger nach dem fassungslosen Juri Leonidowitsch aus.

»Was höre ich?« sagte sie. Ihre Stimme war so seltsam klar, wie seit Wochen nicht mehr. »Es gibt neue Schuhe?«

»Man ... man sagt es ...«, stammelte Amossow.

»Gorski trompetete es ja über die Stadt!«

»Dann muß es stimmen, Großmütterchen.«

»Und du weißt es nicht, du Schwachkopf?!« sagte Valentina Mahmednowka laut. Der Name Mahmednowka war eine Seltenheit in Nowo Tschemka. Es gab ihn auch nur deshalb in diesem Städtchen, weil sich damals, vor langen Jahren, die 17jährige Valentina in einen durchreisenden Zimmermann verliebte, der aus dem Süden, aus Taschkent, kam und ein Mohammedaner war. Der Zimmermann aus Taschkent blieb ein Jahr in Nowo Tschemka, besserte – als Mohammedaner – sogar das Dach der

Kirche aus und war dann plötzlich über Nacht verschwunden, so wie er gekommen war. Zurück ließ er die 18jährige Valentina, die im sechsten Monat schwanger war und sich von der Geburt des Kindes an Mahmednowka nannte, weil der Vater des Kleinen Mahmed geheißen hatte.

Auch in Nowo Tschemka gibt es absurde Schicksale, wie man sieht.

»Natürlich weiß ich es«, sagte Amossow jetzt. Er hatte den ersten, kaum verdaubaren Schrecken hinuntergeschluckt: Das sterbende Großmütterchen lief wieder herum!

»Und niemand sagt mir etwas?« schrie die Uralte. »Lassen mich im Bett liegen, rufen den glotzäugigen Wassja Lukanowitsch, um mich auszumessen ... aber daß es neue Schuhe gibt ... nein, das sagt mir keiner! Wenn nicht zufällig das Fenster offen gewesen wäre, und ich Gorski dadurch gut verstehen konnte ... hätte mir das jemand erzählt, ha?!«

»Warum?« stöhnte Amossow. »Warum denn, Mütterchen?!«

»Warum?« Valentina in ihrem langen, weiten Sterbehemd stieß mit dem Stock auf den Dielenboden. »Warum fragt er auch noch?! Gott, womit habe ich ehrliche Frau einen solch hirnlosen Enkel verdient?! Juri Leonidowitsch: Auch ich brauche neue Schuhe!«

»Nein!« wimmerte Amossow. »Nein! Nein!«

»Ich werd's dir beweisen!« Valentina Mahmednowka schlurfte zur Tür. »Nur Flicken haben meine Schuhe! Nur noch Flicken! Ich sage dir, Enkelsöhnchen. Wenn ich keine neuen Schuhe zugeteilt bekomme, verprügle ich dich hier mit diesem Stock.«

Sie hob drohend ihren Knüppel, stand tatsächlich ohne Stütze hochaufgerichtet da, wo sie doch seit Wochen wie gelähmt im Bett gelegen hatte, regungslos, vor sich hinmummelnd, ohne Gefühl für Ort und Zeit. Drohend blickte sie Amossow an und ging dann zurück in ihr Sterbezimmer.

Amossow sank in sich zusammen. Tränen rannen ihm über das Gesicht; jedoch nicht aus Freude, daß Großmütterchen so munter erschien, sondern weil sein Inneres im Augenblick völlig zerstört war. Er mußte einfach weinen, weil alles dann leichter ging.

Zur gleichen Zeit hatte aber auch der Parteisekretär Gorski seine Probleme. Eine Abordnung des Holzkombinats ›1. Oktober‹ stand bei ihm im Büro und äußerte stärkste Bedenken wegen des Transportes der neuen Schuhe von Jenisseisk bis Nowo Tschemka.

»Andrej Fillipowitsch, wir sehen da große Gefahren«, sagte zum Beispiel der bärenstarke Vorarbeiter Fedja. Er breitete eine alte, abgegriffene, zerschlissene Landkarte auf dem Schreibtisch aus, die einer der Geologen vor zwei Jahren im Wald vermißt hatte und die nun erstaunlicherweise in Fedjas Besitz war. »Der Lastwagen mit dem Anhänger muß die Straße bis Konduyuk nehmen, das ist doch klar ...«

»Ganz klar, liebe Genossen«, antwortete Gorski sauer. »Ich habe die Karte im Kopf.«

»Wir denken nicht an die Karte, wir denken daran, daß der Wagen mit den neuen Schuhen auch über Barraska fahren muß, ehe er zu uns kommt. Stimmt das?«

»Wir wissen doch alle den Weg, Fedja!« sagte Gorski milde. Die anderen knurrten dumpf – es schien etwas Böses in der Luft zu liegen.

»Steht auch Barraska auf der Liste zur Zuteilung neuer Schuhe, Genosse Sekretär?«

»Das ist mir unbekannt. Ich glaube aber ... nein!«

»Aha!« schrie Fedja.

»Sieh an!« schrien die anderen. Ihre Erregung war sehr groß; man sah es daran, daß sie sich irgendwo an ihren Körpern kratzten.

»Wir alle kennen die Bürger von Barraska!« sagte Fedja voll Energie. »Gute Genossen, treue Freunde, brave Arbeiter – aber Gauner bis auf die Knochen! Es wäre möglich, daß man in Barraska genau weiß, was der Lastwagen mit Anhänger geladen hat ...«

»Möglich ...«, sagte Gorski und seufzte innerlich.

»Neue Schuhe! Stellen wir uns folgendes einmal vor: Barraska liegt *hinter* Nowo Tschemka und dort fährt ein mit neuen Schuhen vollgeladener Wagen durch.«

»Nicht auszudenken, Fedja!«

»Sollte es in Barraska anders sein, Andrej Fillipowitsch?! Und weiß man, ob der Mann, der den Wagen fährt, ein ehrlicher oder bestechlicher Mann ist? Zwei Möglichkeiten gäbe es: Die Barrasker überfallen den Wagen auf dem Waldweg – dann ist er einfach weg –, oder das Parteisekretariat von Barraska lädt den Fahrer zu einem Schlückchen ein, bietet ihm 100 Rubelchen, damit er kurze Zeit blind wird, und ebenfalls weg ist das Auto mit den neuen Schuhen. Wie immer sie es auch anstellen werden: Bis die amtlichen Untersuchungen abgeschlossen sind, kann es lange dauern, und den Zeitpunkt, an dem Nowo Tschemka wieder oben auf der Zuteilungsliste für neue Schuhe steht, erleben wir alle nicht mehr!« Fedja schwieg. Die anderen knurrten wieder Beifall.

»Es muß etwas geschehen, Genosse Sekretär.«

»Aber was?« rief Gorski. »Man könnte höchstens die Partei in Barraska anrufen und ihnen sagen, wir wüßten, daß der Wagen durch ihr Gebiet fährt.«

»Dann wissen sie vielleicht etwas, was sie jetzt noch nicht wissen! Ausgeschlossen! Dann werden sie erst richtig munter! Wir haben einen anderen Plan.«

»Aha! Laßt hören, liebe Genossen!« sagte Gorski befreit. Auch ihn bedrückte auf einmal der Gedanke, die Bürger von Barraska könnten den Schuhtransport auf der Strecke verschwinden lassen. So etwas kommt vor ... bei der Größe Sibiriens! Wer verirrt sich nicht in der Taiga ohne genaue Kenntnisse des Landes?

»Wir bilden einen Geleitschutz!« Der II. Ingenieur des Holzkombinats, der auf ein Paar neue Schuhe hoffte, wie alle hier, übernahm jetzt den strategischen Teil.

»Wir werden mit drei Wagen und zwanzig Mann dem Lastwagen entgegenfahren und ihn sicher durch das Gebiet von Barraska bringen.«

»Und Reiter müssen her!« sagte Fedja. »Links und rechts der Straße müssen sie die Wälder durchkämmen und kontrollieren, ob dort nicht schuhgeile Genossen lauern! Es muß eine vollkommene Sicherung des Transportes werden!«

»Das ist gut!« Gorski nickte mehrmals. »Unternehmt alles, damit die neuen Schuhe bei uns landen. Aber von allem weiß ich nichts. Ihr wißt, ich bin ein Freund des Genossen Parteisekretär von Barraska. Wenn es zu Zusammenstößen kommt: Ich habe keine Ahnung!«

»Das wollten wir nur von dir hören, Andrej Fillipowitsch«, sagte der II. Ingenieur. Alle waren sehr zufrieden mit der Verhandlung. Eine ahnungslose Parteileitung bedeutet immer ein Stückchen persönliche Freiheit. Wie gesagt: In Nowo Tschemka ist vieles anders als sonstwo im Land, und manches sogar auch besser.

Der Tag, der so turbulent mit Wassjas Rundlauf durch das Städtchen begonnen hatte, endete mit einem Arztbesuch bei Juri Leonidowitsch Amossow. Der Verwalter des kooperativen Magazins ließ Dr. Rassul Germanowitsch Balujew nicht zu sich rufen, weil sein Großmütterchen Valentina – trotz der neuen Schuhe – wieder in ihre Sterbelage zurückgekehrt war, sondern weil er selbst dringend Hilfe brauchte.

Dr. Rassul G. Balujew war ein Mensch, den in Nowo Tschemka niemand verstand. Nicht weil er nuschelte oder lispelte oder stotterte, sondern weil er in Nowo Tschemka war. Vor genau neununddreißig Jahren war er in der Siedlung Nowo Tschemka aufgetaucht, die damals, im Jahre 1938, ein erbärmliches Nest war. Bewohnt wurde das Dörfchen von ein paar Jägern, einigen entlassenen Strafgefangenen, die ihre Familien hatten nachkommen lassen, weil sie sich rätselhafterweise in Sibirien verliebt hatten, einem kleinen Stab von Technikern, die gerade damit begannen, das Holzkombinat aufzubauen, und den wenigen Ureinwohnern, von denen heute nur noch Valentina Mahmednowka lebte. Das waren die einzigen gewesen, die dort wohnten. Und da kam ein studierter Mann mit einem Materialtransport in die Taiga, sah sich um und sagte: »Hier bleibe ich! Ich bin Arzt! Einen Arzt kann man überall gebrauchen.«

Ganz langsam sickerte durch, daß Dr. Rassul Germanowitsch Balujew in Irkutsk, der großen Stadt am Baikalsee, studiert und alle Examina mit Auszeichnung bestanden hatte. Er sah also eine große Zukunft vor sich liegen, als er den Fehler beging, die Tochter eines Mitglieds des Obersten Sowjets, der aus Irkutsk stammte, zu schwängern. Der Vater der Schönen war außerdem noch ein Freund Stalins, was sehr selten war, denn Stalin hatte kaum Freunde. Fehler über Fehler also, die der kecke Rassul damals beging. Das hohe Töchterchen verschwand zur angemessenen Zeit in einem Sanatorium auf der Krim, und niemand hat erfahren, ob das Kind auch geboren wurde. Dr. Rassul Germanowitsch Balujew aber ging von Irkutsk weg, verfolgt von den Intrigen der hochgestellten Familie. Er erhielt bereitwillig von der Parteileitung eine Bescheinigung, daß er sich niederlassen könne, wo er wolle, nur nicht in der Nähe von Irkutsk, und so landete er eines Tages in Nowo Tschemka. Wie das Schicksal so spielt ...

Er baute sich ein Haus, aber heiratete nie, verteilte auch keine unehelichen Kinder, war aber immer bereit, wenn man ihn rief, zu helfen, und das nicht nur in medizinischer Hinsicht. Er wurde neben dem Popen Wladimir Beichtvater der Bürger von Nowo Tschemka, reparierte Ehen, stiftete welche, löste andere menschliche Probleme, gab sogar juristische Ratschläge und wurde so etwas wie die letzte Instanz. Wenn etwas nicht klappte in Nowo Tschemka ... man ging zu Dr. Rassul! Selbst Gorski schlich in der Dunkelheit ein paarmal in das Haus des Doktors, um sich Rat zu holen, obgleich eigentlich die Partei zuständig war.

Jetzt war es Amossow, der ihn dringend brauchte. Er hatte Dr. Balujew angerufen – in Nowo Tschemka gab es genau dreiundfünfzig Telefonanschlüsse, und einer gehörte natürlich dem Magazin. Juri Leonidowitsch hatte nur stottern können am Apparat. Das war neu bei ihm. Rassul Germanowitsch packte die größte Spritze mit der dicksten Kanüle in seine Arzttasche und ging die dreißig Meter bis zu Amossow zu Fuß. Weitere Strekken fuhr er mit einem uralten Wolga-Wagen, von dem behauptet wurde, ihn hielten nur noch Spachtelmasse und Lackschichten zusammen. Aber das Auto fuhr! Und es rasselte auch noch über die Wege voller Eishuckel, wenn andere Wagen vor dem Winter kapitulierten. 50 Grad Kälte, das war wirklich keine Seltenheit in Nowo Tschemka.

Amossow saß apathisch in einem alten Plüschsessel und stierte Dr. Balujew mit bleichem Gesicht an.

»Großmütterchen Valentina läuft wieder herum«, sagte er und schluckte krampfhaft, als habe er einen Stein in der Kehle sitzen. »Aber das ist es nicht, Genosse Doktor: Die ganze Stadt ist verrückt, weil Wassja, dem ich ein Geheimnis anvertraut habe, es sofort überall erzählt hat.«

»Die neuen Schuhe!« rief Dr. Balujew begeistert. »Ich weiß. Mein Antrag liegt schon beim Parteisekretariat! Gorski hat mir fest ein Paar zugesagt! Der Teufel hätte ihn geholt, wenn er's nicht versprochen hätte!«

»Es ... es kann aber sein ... «, stotterte Amossow und verdrehte schauerlich die Augen, als wenn er gewürgt würde, »daß ... daß ... Genosse Doktor, erstechen Sie mich mit Ihrer dicksten Spritze ... es kann sein, daß die Schuhe gar nicht kommen ...«

»Was?!« Dr. Balujew ließ sich schwer neben Amossow in einen Sessel fallen. Er war ein dicker, schwerer Mann, der gern Hirschlende in Sahnesoße aß, dazu kandierte Wildfrüchte und danach ein paar Gläschen Wodka zum Verteilen trank. Das wußten seit neununddrei-

ßig Jahren alle Einwohner von Nowo Tschemka, und daher begann oder endete eine ärztliche Konsultation Dr. Balujews, jedenfalls ein Hausbesuch, immer mit einem guten Essen. Man konnte sich, wenn man ihn sah, nicht vorstellen, daß er nie zum Großen Vaterländischen Krieg eingezogen worden war. Weil seine Lunge angegriffen war, wie es damals hieß. Aber das war ja so lange her ...

»*Keine* Schuhe?« fragte Dr. Balujew dumpf.

»Alles ist ungewiß.«

»Aber es heißt doch, der Transport ist unterwegs.« Amossow nickte und holte aus der Brusttasche den mit der Post angekommenen Lieferschein.

»Bitte, lesen Sie«, sagte er. Seine Hand zitterte, als er dem Arzt das Schreiben hinüberreichte. »Da steht es ganz klar: Voraussichtliche Lieferung usw ... Voraussichtlich! Wissen Sie, was das bei den Planungsstellen bedeutet?! Voraussichtlich ist soviel, als wollten Sie dem Vollmond den Herzschlag messen, Doktor ...«

Dr. Balujew las den Lieferschein, zerknüllte ihn und warf ihn gegen die Wand. Amossow nickte schwer.

»Aber warum trompetet Gorski dann in die Luft, die neuen Schuhe seien unterwegs?« rief Rassul Germanowitsch aufgeregt. »Warum verspricht er mir ein Paar?! Er weiß sogar, woher sie unterwegs sind. Von Jenisseisk! Er kennt sogar die Fabrik! In Krasnojarsk!«

»Das alles stimmt!« Amossow stöhnte laut. »Aber wenn etwas unklar ist wie diese neuen Schuhe, wenn keiner weiß, ob sie nun unterwegs sind oder nicht, wenn auf dem Lieferschein steht ›voraussichtlich‹, wenn also keiner mehr zuständig ist – dann heißt es immer: Sie *sind* unterwegs! Ich kenne das. Ich bin neunzehn Jahre lang

Verwalter des Magazins. Später dann wird man erklären, irgendein Defekt habe alles verhindert!« Amossow verdrehte wieder die Augen. »Was soll man tun, Genosse Doktor? Wenn Wassja nichts erzählt hätte ...«

»Wenn *du* nichts Wassja erzählt hättest ...«

»So kann man es auch sagen.«

»Juri Leonidowitsch, wenn die neuen Schuhe wirklich nicht ankommen ...« Dr. Balujew zog die Luft durch die Nase. Es knirschte richtig.

»Die ganze Stadt wird dich auf dem Marktplatz zerreißen, und keiner kann dir dann helfen!«

»Ich bin nicht verantwortlich für die Schuhe und die Planwirtschaft!« schrie Amossow. »Helfen Sie mir, Doktor! Veranlassen Sie den Genossen Gorski, er soll wieder über Lautsprecher verkünden, die neuen Schuhe kämen vielleicht. *Vielleicht!* Darauf kommt es an!«

»Gorski möchte noch lange leben«, sagte Dr. Balujew und trat an das Fenster. Nowo Tschemka war friedlich wie immer. Ein schöner Sommerabend voll Blumen- und Waldduft, der von der Taiga herüberwehte. Die Leute arbeiteten in ihren Gärtchen, der Pope ließ gerade die Abendglocke läuten, jeder war auf seine Weise glücklich mit der Freude im Herzen: Es gibt bald neue Schuhe, Genossen!

»Man muß den Menschen ihren Glauben lassen!« sagte Dr. Balujew vom Fenster her. »Väterchen Wladimir verspricht ewige Seligkeit, aber garantieren kann er sie auch nicht. Warum soll eine staatliche Planungsstelle mehr können als ein Vertreter Gottes auf Erden?! Zweifelt denn einer an dem himmlischen Frieden, wenn Wladimir von ihm spricht? Na? Warten wir es also ab, Juri Leonidowitsch. Ich gebe dir eine Beruhigungsinjektion, du schläfst wie ein Bär, und morgen kann sich schon vieles geändert haben.«

Amossow seufzte, ließ die Hosen runter, erhielt seine Injektion und wünschte sich, er könne danach eine Woche lang schlafen.

Großmütterchen Valentina lag wieder vom Kopfhaar bis zu den Zehen versteift im Bett, als Dr. Balujew auch nach ihr schaute und sich auf die Bettkante setzte.

»Du altes Luder bist heute aufgestanden!« sagte er. Solche Töne nahm ihm keiner mehr übel. Man betrachtete sie als herzerfrischend und zur Medizin gehörend.

»Es gibt neue Schuhe, Genosse Rassul!« murmelte Valentina.

»Du bist sogar herumgewandelt und hast Juri mit dem Stock bedroht! Seit vierzehn Wochen aber behandele ich dich, keinen Zeh kannst du mehr bewegen, und ich warte jede Stunde darauf, daß ich dir die Geieraugen zudrükken kann!«

»Es gibt neue Schuhe!« antwortete die Uralte lauter und klarer.

»Aber nicht mehr für dich!«

»Für mich! Das wollen wir doch sehen, mein Söhnchen! Für mich sind ein Paar neue dabei, und ich laufe sie auch noch ein! So lange lebe ich noch! Deine Medizin kannst du dir selbst in den Hintern blasen!« Plötzlich rührte sie sich, die völlige Steifheit löste sich auf, und Valentina Mahmednowka klatschte in die knochigen Hände. Dr. Balujew war ebenso überrascht wie Amossow. Er packte ihren Arm, aber wupp – war er wieder steif, unbeweglich und leblos wie ein Stück Holz.

»Mit den neuen Schuhen gehe ich zum Popen und

zünde eine Kerze an«, sagte sie und starrte an die Zimmerdecke. »Ha, beweisen werde ich euch das!«

Dr. Balujew bedachte sie mit einem bösen Abschiedsblick und verließ dann den Raum.

Großmütterchen schickte ihm ein meckerndes Lachen nach, aber das ging im Türenschlagen unter.

»Sie stirbt nicht!« sagte draußen der arme Amossow. Er wurde bereits müde, seine Lider klappten immer wieder zu.

»Nein, sie denkt nicht daran.«

»Wegen der neuen Schuhe?«

»Ja!«

»Und wenn sie nicht eintreffen?«

»Dann stirbt sie erst recht nicht ... vor Wut!« Dr. Balujew packte seine Arzttasche. »Ich gehe jetzt hinüber zu Gorski und werde über die Parteistellen bessere Informationen heranholen. Leg dich ins Bett, Juri.«

Amossow nickte schwer, schloß hinter Dr. Balujew die Tür ab, schwankte in sein Schlafzimmer, einer Nische neben dem Wohnraum, und rollte sich auf die Matratze. Der Schlaf nahm ihn gnädig von der Erde weg. Nur sein Traum war furchtbar: Vom Himmel regnete es Schuhe und erschlugen ihn Stück für Stück.

Der Parteisekretär war noch auf den Beinen und saß hinter dem amtlichen Schreibtisch am Telefon, als die Gorskaja, seine etwas dümmliche Frau, die immer kicherte, wenn Dr. Balujew sagte: »Und nun heb mal deine linke Brust hoch, damit ich ans Herz kann!«, ihm die Tür des Parteihauses öffnete.

»Es läuft alles wie der Nachschub im Krieg!« rief Gorski, indem er die Sprechmuschel zuhielt. »Ich habe gerade Sukhoi am Apparat. Der Lastwagen mit dem Anhänger ist eben durch das Dorf gefahren!«

»Also doch!« Dr. Balujew setzte sich auf einen grün lackierten Stuhl.

»Was heißt: Also doch?! Genosse Doktor, auf unsere Planwirtschaft ist Verlaß. Sie ist das Fundament des sozialistischen Wohlstandes.«

Er nahm die Hand von der Muschel, sagte: »Danke, Genosse!« und legte auf. »Auch unser Begleitschutz ist schon unterwegs!«

»*Was* höre ich da?!« Dr. Balujew stellte die Arzttasche neben den grünlackierten Stuhl.

»Doktor, Sie kennen doch Barraska!« Gorski lehnte sich zufrieden zurück. »Es steht nicht auf der Zuteilungsliste. Das weiß ich jetzt sicher. Aber der Wagen mit den neuen Schuhen muß mitten durch Barraska hindurch. Es gibt keinen anderen Weg! Deshalb sind Fedja, drei Wagen des Holzkombinats mit zehn Männern und zwanzig Genossen zu Pferd unterwegs, um die Lieferung sicher nach Nowo Tschemka zu bringen.«

»Es *gibt* also wirklich neue Schuhe, Andrej Fillipowitsch?«

»Wenn die Organisation erst einmal angelaufen ist, funktioniert sie wie ein bemannter Satellit! Der Lastwagen wird übermorgen früh bei uns eintreffen. Der Fahrer will in Konduyuk übernachten. Von dort ab begleitet ihn unsere Mannschaft! Na ...!«

Gorski sah Dr. Balujew beifallheischend an. »Ist das gut durchorganisiert! Im Krieg nennt man so etwas Logistik.«

»Ich weiß, wie man das nennt!« Dr. Balujew blickte

Gorski nachdenklich an. »Und wenn es zu Zusammenstößen kommt?«

»Wir sind immer im Recht! Es sind *unsere* neuen Schuhe!«

Es ist etwas Wunderbares, in der Taiga einen Feiertag zu begehen. Vor allem, weil diese so selten sind. Da gibt es den Tag der Oktoberrevolution, an dem Gorski zu größter Form aufläuft und eine Rede hält, die er aus der Prawda abgeschrieben hat, dann den Geburtstag des jeweiligen Ministerratsvorsitzenden, den 1. Mai, den Tag von Väterchen Frost, das Neujahrsfest und natürlich Ostern, die große Nacht von Väterchen Wladimir, in der er die Osterbrote und Osterkuchen segnet und als Pope auch seinen schönen Teil davon abbekommt.

An andere Feiertage, abgesehen von familiären, kann man sich in Nowo Tschemka nicht erinnern. Doch ja ... da war ein heimlicher Feiertag gewesen, den man dadurch motivierte, daß Sergej Pantalonowitsch Bronskij 101 Jahre alt geworden war. Es ging aber in Wahrheit um den Todestag Stalins. Überall wehten die Trauerflore. In der Stolowaja hingegen, dem Parteihaus, wurde getanzt, gesoffen, gesungen, und man bedachte Sergej Pantalonowitsch mit Sprüchen, obgleich er gar nicht dabei sein konnte. Er saß nämlich seit drei Jahren in einem von Wassja Lukanowitsch konstruierten Rollstuhl und war total verblödet.

Aber jetzt, Genossen, gab es einen neuen Feiertag in Nowo Tschemka: Der Lastwagenzug mit den neuen Schuhen traf tatsächlich ein!

Am Parteihaus wehte die lange rote Fahne. Väterchen Wladimir stand bereit, die Glocken zu läuten, wenn die

Vorhut des Konvois das Gebiet des Städtchens betreten würde – man wollte dann eine Rakete in den Himmel schießen zum allgemeinen Aufruf:

Jetzt jubelt, Freunde!

Der Marktplatz war voll von Menschen, die so eng beieinander standen, daß niemand mehr umfallen konnte. Die meisten hatten ihre Sonntagskleidung angezogen, und die Frauen sahen hübsch aus in ihren Kopftüchern. Magazinverwalter Amossow und seine vier Gehilfen standen bereit, die Wagen zu entladen, und der Gesangschor des Holzkombinats ›1. Oktober‹ hatte zwei Lieder einstudiert, die von der schönen Heimat, der Taiga, berichteten. Trotz intensiven Suchens in Liederbüchern hatte man kein Gesangsstück entdeckt, das von Schuhen handelte.

Die Meldungen kamen laufend nach Nowo Tschemka. Der kritische Punkt, das Städtchen Barraska, war ohne Zwischenfälle passiert worden; aber wohl nur deshalb, weil Fedjas Geländewagenkolonne den Lastwagen mit Anhängern in die Mitte genommen hatte, und die Genossen zu Pferd, mit dicken Knüppeln in der Hand, den ganzen Konvoi umkreisten.

Dr. Balujew ließ es sich nicht nehmen, vor Beginn des großen Empfangs noch einmal nach Großmütterchen Valentina zu sehen. Die uralte Mahmednowka saß auf der Bettkante, schrie nach ihrem Enkel Juri, verlangte ihr Festkleid, wollte die Nachbarin herbeigeschafft haben, damit sie ihr die Haare frisierte, und zeterte zum Gotterbarmen, als der Arzt ins Zimmer schaute.

»Alle vergessen mich!« schrie sie heiser. »Bin ich denn tot? Ha! Ich lebe! Rassul Germanowitsch, bestätigen Sie, daß ich lebe! Man will mich um die neuen Schuhe betrügen! Man will mich einfach abschreiben, streichen, nicht mehr wahrnehmen! Aber ich zeige es ihnen! Ha, ich zeige es ihnen!«

Sie stemmte sich mit Hilfe von Dr. Balujew vom Bett hoch, schlurfte in ihrem Totenhemd zum Fenster und riß es auf. Amossow, der darunter stand, zusammen mit seinen vier Gehilfen, zuckte wie gestochen zusammen, als er über sich Valentinas krächzende Stimme hörte.

»Ich bin da, Genossen!« schrie die Uralte aus dem Fenster. »Rechnet mit mir!«

Einer der Begleitreiter galoppierte über den Marktplatz, von hundertfältigem Klatschen und lauten Zurufen empfangen.

»In zehn Minuten sind sie da!« brüllte er über die Menge hinweg. »Überzeugt habe ich mich, unter die Planen geschaut: Alles voll mit Schuhkartons!«

Leute, welch ein Feiertag!

Am Rande des Waldes zischte die vereinbarte Rakete in den Himmel. Pope Wladimir ließ die Glocke läuten, Parteisekretär Gorski, auf einer kleinen, schnell gezimmerten und mit der roten Fahne verkleideten Holztribüne, prüfte sein Megaphon und machte »husch – husch« in das eingebaute Mikrofon. Vier Milizionäre hielten die Gasse offen, durch die die Kolonne bis zum Magazin fahren mußte. Der Gesangverein des Kombinats scharte sich um den Dirigenten und lauschte auf den vorgegebenen Kammerton A.

Und dann kamen sie: Zuerst Fedja mit dem Geländewagen, dann sechs Reiter und hinter diesen der große, breite, hohe Lastwagen mit dem Anhänger. Auf der Plane war ganz deutlich zu lesen: Bezirksmagazin Jenisseisk.

Überschlagen wir den Jubel und die Begeisterung, die über eine Stunde anhielten. Der Chor sang, Gorski hielt eine flammende Rede über den sozialistischen Fortschritt, der Pope läutete immer noch die Glocke, die Genossen klatschten und hätten sogar getanzt, wenn sie nicht so eng beieinander gestanden hätten, der Fahrer und sein Beifahrer wurden von maßgebenden Bürgern Nowo Tschemkas mit Bruderküssen begrüßt ... alles in allem: Es war ergreifend!

Dann begann das Ausladen der Schuhkartons. Unter »Oh«- und »Ah«-Rufen trugen Amossow und seine vier Gehilfen die Kartonstapel in das Magazin und schichteten sie auf. Das war eine schweißtreibende Arbeit, aber als der letzte Karton vom Lastwagen im Magazin verschwunden war, breitete Amossow die Arme aus und rief in das Volk:

»Nun haben wir sie ganz sicher, Freunde! Wir müssen sie jetzt nur noch der Größe nach sortieren. Ab Montag beginnt dann der Verkauf.«

Die Bürger von Nowo Tschemka klatschten wieder. Dann zerstreuten sie sich, zogen zum Feiern in die vier Wirtschaften oder versammelten sich in den Gärten der Nachbarn. Ein Bild des Friedens und der Brüderlichkeit.

Ab Montag also!

Valentina Mahmednowka schlurfte wieder in ihr Bett, legte sich hin, versteifte sich wie seit Wochen und sagte zu Dr. Balujew:

»Ich bin die erste, die ein Paar neue Schuhe bekommt. Wozu ist Juri mein Enkel?! Sag ihm das, Doktor ... er selbst ist ja zu feige, zu mir zu kommen!«

Dr. Balujew versprach es ihr und ging hinüber ins Parteihaus. Dort saß Gorski vor einem Gläschen Wodka und studierte die Transportpapiere. Die beiden Fahrer wurden gerade von der Gorskaja verpflegt und aßen frische Blinis mit einer Hackfleischfüllung.

»Genau 1500 Stück!« sagte Gorski und klopfte auf die Papiere. »Da gibt es keine Unklarheiten wie bei den Kapitalisten! Wenn da 1500 steht, dann sind es 1500!«

»Und was sollen sie kosten?« fragte Dr. Balujew.

»Ist das wichtig?« Gorski schaute in die Papiere. »Je nach Größe zwischen 9 und 12 Rubel! Eine besonders billige Sonderanfertigung! Halb geschenkt! Das ist praktizierter Sozialismus, Genosse Doktor! Da machen die braven Schuharbeiter in Krasnojarsk Sonderschichten, um so billig liefern zu können! Wo gibt's das noch auf der Welt? Nur bei uns!«

»Gibt es auch verschiedene Modelle?« fragte Dr. Balujew.

Gorski blickte wieder in die Papiere. »Nein, nur eins! Schnürschuhe für die Männer. Offene Schuhe mit Riemchen für die Frauen. Modellname: Nowgorod! Ha, darüber habe ich gelesen. Das Eleganteste, was unsere Schuhindustrie auf den Markt gebracht hat! Und so etwas kommt bis nach Nowo Tschemka! Man könnte weinen vor Freude ...«

»Verschiedene Farben?«

»Männer schwarz, Frauen braun.« Gorski sah Dr. Balujew kritisch an. »Nur Papageien tragen bunt! Denken Sie etwa an so degenerierte Schuhe, wie sie die Dämchen der Kapitalisten tragen? Aber warten Sie's nur ab! Wenn Amossow erst einmal mit den ersten Musterpaaren kommt, um sie mir zu zeigen. Modell Nowgorod! Allein dieser Name verpflichtet!«

Die Gorskaja kam herein, begrüßte mit ihrem blöden

Kichern Dr. Balujew und servierte den beiden Herren köstlich duftende Blinis mit Hackfleischfüllung. Dazu gab es eingelegte Salzgurken.

»Das war ein Tag!« sagte Gorski und begann zu essen. »Zum erstenmal habe ich sogar dem verdammten Popen sein Glockenläuten nicht übelgenommen!«

Es war schon spät – so gegen Mitternacht –, als jemand an das Bürofenster des Parteihauses klopfte. Gorski und Dr. Balujew, die noch zusammensaßen und tranken, schraken auf, rannten aus dem Zimmer und ließen den späten Besucher ein.

Es war Amossow.

Schrecklich sah er aus, bleich, faltig im Gesicht, um ein Jahrzehnt mindestens gealtert. Sein Kopf wackelte, er versuchte zu sprechen, bekam aber keinen Ton aus der Kehle und trat näher. Mit beiden Händen schleppte er einen Stapel zusammengebundener Schuhkartons und schwankte in Gorskis Büro, als erklimme er einen Galgen. Dort, im Büro, stellte er den Kartonstapel auf den Boden und fiel auf den grünlackierten Stuhl, auf dem Dr. Balujew vorher gesessen hatte.

»Wir sind erledigt, Genosse Sekretär«, sagte er endlich dumpf, nachdem er von Balujew und Gorski angeschrien worden war, etwas von sich zu geben. »Wenn wir nicht flüchten, überleben wir den Montag nicht mehr!«

»Die Schuhe sind doch da!« rief Gorski.

Amossow nickte schwer. »Ja.«

»Und in jedem Karton sind sie. Es gibt keine leeren Kartons!«

»Nein.«

»Es ist das Modell Nowgorod!«

»Ja.«

»Schwarze und braune?!«

»Ja.«

»1500 Stück!«

»Ja!« Amossow sah Dr. Balujew um Hilfe flehend an. »Das ist es ja! Genau das, Genossen!« Er löste die Verschnürung des Kartonstapels und riß den Deckel vom obersten Karton. Schwarz, matt glänzend, mit Wonne anzuschauen, lag da ein Schnürschuh für Herren. Modell Nowgorod, ohne Zweifel.

»Na und?« brüllte Gorski. »So ein herrlicher Schuh! Was meckerst du da?!«

»Ein Schuh!« schrie Amossow und raufte sich wild die Haare. »Sie haben es erfaßt, Genosse! In jedem Karton ist nur *ein* Schuh! Sie haben uns nur linke Schuhe geschickt! Die rechten fehlen ...«

Es war plötzlich unheimlich still im Zimmer. Nicht einmal atmen wollten die drei Männer, so sehr griff ihnen die Erkenntnis ans Herz. Nur linke Schuhe, 1500 linke Schuhe!

»Ich habe es geahnt«, stöhnte Amossow als erster. »Ich kann Lieferscheine lesen. Das ist mein Beruf. Und was stand auf dem Schein: Schuhe – 1500 Stück! Nicht *Paar,* nein: *Stück!* Und die haben wir bekommen. 1500 Stück Schuhe, links.« Er seufzte tief. »Man hat eben nur das eine Wort auf dem Lieferschein vergessen. Links!«

»Und wo sind die rechten?« fragte Dr. Balujew leise. Er überblickte das Chaos, das am Montag beginnen würde. Ein vollkommenes Chaos mit vielen verletzten Unschuldigen. Am wenigsten konnte Amossow dafür, aber gerade ihn würde man jagen wie einen weißen Wolf.

»Wer soll das wissen?« stöhnte Amossow.

Gorski riß jeden Karton auf und überzeugte sich. Man brauchte ihm nicht zu sagen, daß das ganze Magazin voller linker Schuhe war. Er glaubte es sofort. Amossows Zusammenbruch war der beste Beweis.

»Wenn man bedenkt, daß unsere Planwirtschaft fast das dreifache Soll erreicht hat, gerade in der Schuhbranche«, sagte Dr. Balujew genußvoll, »ist abzusehen, daß wir die Kapitalisten bald total überrundet haben.«

»Seien Sie still, Genosse!« fauchte Gorski.

»Ihre Worte auf dem Marktplatz, Andrej Fillipowitsch. So etwas bleibt hängen in einer vaterländischen Seele! Man wird auch Sie rundum butterweich klopfen!«

»Habe ich die Schuhe hergestellt?« brüllte Gorski. »Bin ich verantwortlich für die Misttreter?!«

»Aber der arme Amossow soll den Kopf hinhalten, was?«

»Immer die Kleinen! Immer die Ärmsten!« jammerte Amossow. »Genossen, man muß doch feststellen können, wo die rechten Schuhe geblieben sind.«

»Wie spät ist es?«

»Kurz nach Mitternacht.« Dr. Balujew blickte auf seine Uhr. »Das heißt, wenn die sozialistischen Federn und Rädchen in dieser sozialistischen Uhr richtig gehen ...«

»Spielt die Zeit eine Rolle, Genosse Sekretär, wenn es um unser Leben geht?« rief Amossow verzweifelt.

Gorski starrte finster vor sich hin, kaute an der Unterlippe und griff dann zum Telefon. Zum erstenmal bereute er nicht, dem Popen Wladimir einen Telefonanschluß zugeteilt zu haben. Väterchen Wladimir brauchte lange, ehe er sich meldete. Ein guter Schlaf ist gottgefällig.

»Können Sie herüber ins Parteihaus kommen, Wladimir Wadimowitsch?« fragte Gorski mit mühsam fester Stimme. »Wir sitzen hier noch zusammen: Dr. Balujew, Juri Leonidowitsch und ich. Es gibt ein Problem.«

»Ich betrete nie ein Parteihaus!« sagte am anderen Ende der Pope und gähnte. »Das wissen Sie, Genosse Sekretär. Nur mit Gewalt ...«

»Es geht um die neuen Schuhe ...«

»Um die neuen ...«, Väterchen Wladimir stieß einen dumpfen, lauten Seufzer aus, als ringe er mit dem Satan. »Ich komme sofort, Genosse Gorski. Sofort!«

Andrej Fillipowitsch legte den Hörer auf und atmete tief durch. »Er kommt sofort!« wiederholte er. Amossow zuckte zusammen.

»Wer? Die rechten Schuhe?« Er stierte wild um sich.

»Der Pope, du Schweinetrog!«

»Hat der Pope denn die rechten Schuhe?«

»So etwas ist Beamter der Magazinverwaltung!« sagte Gorski und sah Dr. Balujew mit einem nervös zuckenden Gesicht an. »Muß man sich da noch wundern, daß es auch bei der Planwirtschaft ab und zu Pannen gibt? Amossow – vier Köpfe können besser denken als drei! Und wir müssen jetzt denken.«

Väterchen Wladimir hatte sich nicht einmal Zeit genommen, seinen Bart, seinen ganzen Stolz, zu kämmen. Zerzaust und so, wie er aus dem Bett gesprungen war, nur angetan mit einem langen schwarzen Mantel, erschien er im Parteihaus, überblickte im Büro sofort die Lage, als er in den Schuhkartons nur einen linken Schuh liegen sah, und setzte sich neben Dr. Balujew auf einen braun lackierten Stuhl.

»Das ist ja furchtbar!« sagte er erschüttert. »So muß der Blick auf den Anfang des Untergangs der Welt sein.«

»Es stockt einem das Herz!« Gorski vergrub den Kopf zwischen den Händen und starrte über seinen Schreibtisch. Er wartete ab, bis Väterchen Wladimir drei Wodka hinuntergekippt hatte und hoffte, daß der Pope jetzt munter genug war, um seinen Geist einsetzen zu können.

»Was meinen Sie dazu?«

»Irgendwo ist ein Fehler!« sagte der Pope weise.

»Bravo!« Dr. Balujew klatschte in die Hände. »Das bringt uns ein großes Stück weiter!«

Sein Spott traf nicht. Väterchen Wladimir besaß die Natur eines Märtyrers. Er blickte den Arzt nur mit heiligem Zorn an und sprach dann weiter:

»Wo sind die Fahrer des Lastwagens?«

»Im Bett!« sagte Gorski.

»Her mit den Kerlen!«

Gorski sauste los und kam nach zehn Minuten mit den beiden Fahrern zurück. Sie hatten nur ihre Hosen an und standen entgeistert und leicht zitternd an der Wand, wo Gorski sie aufgebaut hatte. In einem Parteihaus nachts aus dem Bett geholt zu werden, bedeutet nie etwas Gutes. Was sie völlig verwirrte, war die Gegenwart eines Popen. Das alles sah aus wie eine blitzschnelle Hinrichtung mit geistlichem Beistand.

»Ihr seid Fahrer des Bezirksmagazins von Jenisseisk?« schrie Väterchen Wladimir sie mit seinem Orgelbaß an. Es war die Stimme, mit der er sonst die frohe Osterbotschaft verkündete.

»So ist es!« antworteten die beiden Ahnungslosen wie mit einem Atem.

»Ihr habt die Schuhkartons in Jenisseisk aus dem großen Lager geholt und aufgeladen?!«

»Ja.«

»Wie ging das vor sich?«

»Wie immer, Väterchen«, sagte einer der Fahrer und zitterte stärker. Stimmte etwas mit den Schuhen nicht? Waren sie unterwegs bestohlen worden?

»Der Genosse Lagerleiter übergab uns die Lade- und Transportpapiere, wir fuhren zur Lagerhalle und luden die Kartons auf, die dort gestapelt waren.«

»So einfach Karton nach Karton?« donnerte der Pope.

»Warum nicht? Es waren ja nur diese Kartons da. Jeder hat seine Nummer. Ha, ich weiß sie noch auswendig, weil sie so einfach war: Alle Kartons trugen die Nummern 1234.1-2-3-4! Und auf dem Schein steht: 1500 Kartons Nummer 1234, laden für Nowo Tschemka. Das haben wir getan.«

»Es stimmt.« Gorski hatte in die Papiere geblickt. »Die Nummer ist richtig.«

»Und es waren keine Kartons mit der Nummer 12345 da?« fragte Dr. Balujew ernst.

»Nein!« Der Fahrer schüttelte mehrmals den Kopf. »Außerdem stand diese Nummer ja auch nicht in den Ladepapieren! Das war auch gar nicht möglich. Die ganze Halle war randvoll mit Schuhkartons der Nummer 1234! Keine andere Nummer. Vor einer Woche waren drei Güterwaggons mit den Schuhen für den gesamten Bezirk Jenisseisk eingetroffen. Alle trugen die Nummer 1234.«

»Dann haben auch alle anderen nur linke Schuhe bekommen!« stellte Gorski zufrieden fest. »Das können wir als Alibi anführen, Genossen! Die Sache liegt klar: Der Fehler steckt schon in der Fabrik von Krasnojarsk. Sie haben einfach vergessen, die rechten Schuhe in die Kartons zu packen.«

»Das muß man doch merken!« rief Dr. Balujew. »Wozu gibt es Endkontrollen an den Bändern? Und sitzen in der Packerei nur Einäugige?!«

»Kritisieren wir nicht, ohne die wahren Hintergründe zu wissen!« sagte Gorski scharf. »Irrtümer kommen überall vor. Hier fehlen nur rechte Schuhe. Wenn *Sie* einen Fehler machen, Dr. Balujew, gibt es gleich einen Toten! Wir werden alles klären.«

»Sofort!« stöhnte der arme Amossow. »Bitte sofort. Ehe die Katastrophe in der Stadt durchsickert. Denkt an Wassja, Genossen! Geheimnisse bleiben selten geheim!«

»Man kann um ein Uhr nachts solche Feststellungen nicht treffen!« schrie Gorski. Er fühlte sich, als seien seine Nerven entblößt und alle spielten Harfe darauf.

»In Krasnojarsk gibt es eine Nachtschicht«, meinte der Beifahrer und brachte damit einen neuen schweren Stein ins Rollen. »Ich habe es selbst gesehen, als ich einen Transport Schuhe abholte.«

»Wo eine Nachtschicht ist, gibt es auch einen Genossen Betriebsleiter«, ließ sich Amossow hören. »Irgend jemand wird doch Auskunft geben können. Auch um ein Uhr nachts!«

»Unser Hellseher!« schrie Gorski und hieb mit der Faust auf den Tisch. »Kennst du etwa die Telefonnummer des Schuhkombinats von Krasnojarsk?!«

»Es gibt eine Telefonauskunft«, unterrichtete der Pope weise. »Jedes große Fernamt hat eine Auskunft! Krasnojarsk ist ein großes Amt!«

»Versuchen wir es.«

Es war gar nicht so einfach, die Auskunft des Fernsprechamtes von Krasnojarsk zu bekommen. Zuerst meldete sich dort niemand, dann ertönte dauernd das

Besetztzeichen, schließlich flötete eine angenehme Mädchenstimme immer wieder. »Diese Anschlußnummer ist unbekannt. Diese Anschlußnummer ist unbekannt. Diese Anschlußnummer ...«

Gorski hielt wortlos den Hörer von sich weg. Alle hörten das süße Stimmchen aus Krasnojarsk: »Diese Anschlußnummer ist unbekannt ...«

»Lassen Sie mich heran!« sagte Väterchen Wladimir und nahm Gorski den Hörer aus der Hand.

»Aber bitte, bitte!« Gorski lehnte sich beleidigt zurück. »Vielleicht klappt die Verbindung besser über Stern 3,5 Milliarden, äußerste Galaxie! Der Himmel kann ja alles!«

Der Pope wählte die Nummer des Fernamtes, es dauerte vier Klingelzeichen, dann meldete sich eine weniger süße Frauenstimme. »Ja, was ist?! Hier Fernamt!«

Väterchen Wladimir hob den Blick dankend zur Dekke und gab den Hörer an den erbleichenden Gorski zurück. »Gott wacht über uns!« sagte er völlig unnötig.

»Hier ist der Parteisekretär von Nowo Tschemka, Genossin. Hier ist Gorski! Ich muß sofort die Nummer des Schuhkombinats Krasnojarsk haben.«

Er wartete, notierte dann eine Anzahl Ziffern und bedankte sich im Namen aller Werktätigen. »Da habe ich sie, die Nummer«, sagte er dann zufrieden. »Und jetzt, meine Lieben, wird es donnern und blitzen!«

Es blitzte und donnerte nicht, wie geahnt.

Zwar gab es einen Genossen Betriebsleiter, der zuständig für die Nachtschicht war, und Gorski bekam ihn auch nach vielen Hin- und Herschaltungen an den Apparat, aber was der gute, brave, nachtarbeitende Genosse mitteilte, war niederschmetternd.

»Unser Kombinat stellt *nur* linke Schuhe her!« erklärte er. »Wir haben nur Maschinen für links! Der rechte Schuh geht uns nichts an! Unsere Spezialität bei dreifacher Sollerfüllung ist der linke Schuh! Im Augenblick arbeiten wir an der Serie Nowgorod ...«

»Ich weiß!« stöhnte Gorski. Seine Hautfarbe hatte ein lichtes Gelb angenommen. »Aber in der Sowjetunion leben nicht nur Einbeinige! Wir alle haben einen linken *und* rechten Fuß!«

»Das ist genau in der Planwirtschaft berücksichtigt worden!« sagte der Betriebsleiter in Krasnojarsk. »Um alles reibungslos und ohne Pannen ablaufen zu lassen, stellt die eine Fabrik rechte Schuhe her, die andere linke. Wir also die linken! Dreifacher Soll, Genosse!«

»Und wie kommen diese beiden Schuhe am Ende zusammen?« brüllte Gorski und wurde noch gelblicher im Gesicht.

»Ebenfalls ganz einfach: Bei einer Zuteilung liefert das eine Kombinat zur gleichen Zeit wie das andere Kombinat aus. Am Zielort kommen dann also beide Schuhe zusammen an, linke und rechte. Man braucht sie nur noch zusammenzustellen.«

»Sehr einfach, und vor allem voller Sparsinn!« sagte Dr. Balujew. »Zwei Transporte, doppelte Schachteln ...«

»Ruhe!« brüllte Gorski. »Nein, nicht Sie, Genosse Betriebsleiter. Ich habe hier Menschen um mich, die von Planwirtschaft nichts verstehen! Es ist nun so, Genosse: Wir haben hier in Nowo Tschemka 1500 Schuhe bekommen.«

»Gratuliere«

»Aber nur linke!«

Das war eine Eröffnung, die den Betriebsleiter in Krasnojarsk hörbar verunsicherte. Er schwieg ein paar Sekunden und fragte dann stockend:

»Keine rechten?«

»Nicht einen!«

»Das ist unmöglich! Wir liefern nur aus, wenn wir wissen, daß das Kombinat für rechte Schuhe zur gleichen Zeit seinen Transport abschickt. Für diese Koordination ist unsere Schuhindustrie berühmt! Da stimmt doch etwas nicht!«

»Darum rufe ich auch um diese Zeit an, Genosse! Wer stellt denn die rechten Schuhe her?«

»Das Kombinat in Kemerowo, östlich von Nowosibirsk!«

»Amen!« sagte Väterchen Wladimir und faltete die Hände. »Gott, warum wendest DU DICH von uns Armen ab?«

»Und was nun?« schrie Gorski. Er starrte auf den armen Amossow, der bald vom Stuhl rutschte, und stierte dann zu Dr. Balujew, der im Zimmer hin und her ging. Die beiden Fahrer an der Wand verfolgten alles mit ehrlichem Mitgefühl. Sie wußten nur eins:

Wir sind gerettet! An uns liegt es nicht.

»Ist es möglich, daß die 1500 rechten Schuhe noch unterwegs sind von Kemerowo nach Jenisseisk?«

»Nein! Wenn das Zentrallager Jenisseisk bereits die linken Schuhe hat – unsere linken Nowgorod –, aber die rechten noch nicht angekommen sind, besteht wenig Hoffnung. Irgendwie ist eine Sendung fehlgelaufen ...«

Bevor Gorski erneut losbrüllen konnte, legte der Genosse Betriebsleiter in Krasnojarsk auf. Solche nächtlichen Unterhaltungen haßte er. Wer nachts so herumbrüllt wegen lausiger 1500 rechter Schuhe, ist verabscheuungswürdig! Gibt es keine anderen Sorgen auf dieser Welt?

Gorski warf den Hörer auf den Apparat zurück und wischte sich über das Gesicht. Kalter Schweiß bildete sich auf seinem Körper, und er kämpfte gegen einen Abfall seines Blutdruckes an. Dr. Balujew öffnete seine Arzttasche und holte vorsorglich eine Flasche mit Tropfen heraus.

»Es bleibt keine andere Wahl«, sagte der Pope Wladimir würdevoll. »Jetzt muß es anders herumgehen. Auch in Kemerowo werden sie eine Nachtschicht haben. Rufen wir den dortigen Betriebsleiter an! Das Ganze noch einmal.«

Nach Einnahme von Tropfen gegen Herzschmerzen, die auch der völlig gebrochene Amossow verlangte und die Dr. Balujew auch dem Popen verabreichte als reine Prophylaxe, gelang es nach drei Stunden, das Schuhkombinat Kemerowo ans Telefon zu bekommen.

Vor dem Fenster dämmerte bereits der Morgen. Der Himmel über der Taiga bekam einen rötlichen Schimmer. Ein neuer, herrlicher, warmer Tag brach an ... das erkannte man an diesem Sonnenaufgang.

Was man aus Kemerowo hörte, war noch bedrückender. Der Genosse Betriebsleiter für die rechten Schuhe saß zufällig neben dem Versandbüro, das heißt, er hatte dort auf einem Sofa gelegen und geschlafen, und konnte deshalb sofort in die Transportakten einsehen.

»Zentrallager Jenisseisk ... «, wiederholte er. »Aha! Haha! Hier haben wir es! Nein ... da haben wir keine rechten Schuhe hingeliefert. Bedauere, Genosse.«

»Aber wir haben die linken bekommen!« stöhnte Gorski und schluckte noch einmal zehn Herztropfen.

»Das muß ein Irrtum sein!«

»Von Ihnen!«

»Nein, von Krasnojarsk! Woher telefonieren Sie?«

»Aus Nowo Tschemka!« schrie Gorski.

»Stimmt!«

»Sehen Sie!«

»Was heißt das: Sehen Sie? Sie sind Parteisekretär und können noch nicht einmal den Namen Ihrer Stadt korrekt aussprechen!«

Gorski umklammerte mit einer Hand die Tischplatte, mit der anderen preßte er den Hörer an sein Ohr. »Sind Sie verrückt?« stammelte er. »So etwas sagen Sie *mir?!*«

»Bitte!« Der Betriebsleiter in Kemerowo war ein ungemein arroganter Mensch. »Wie heißt Ihr Ort?«

»Nowo Tschemka ...«

»Nein! Nowo Tschomska ...«

»Tschemka!« brüllte Gorski und begann gewaltig zu zittern.

»Hier steht: 1500 Paar Schuhe – für uns also rechte Schuhe – als Unterlieferung nach Nowo Tschomska. Sammellieferung an das Zentrallager von Nischne Udinsk. Ganz klar steht es hier und abgehakt. Also ausgeliefert! Bei uns gibt es keine Pannen! Guten Morgen, Genosse!«

Gorski fiel in sich zusammen. Dr. Balujew mußte ihm den Telefonhörer aus der Hand nehmen und auflegen. Amossow weinte leise vor sich hin. Väterchen Wladimir betete leise in sich hinein.

»Unsere rechten Schuhe sind im Zentrallager von Nischne Udinsk«, stammelte Gorski und lehnte sich gegen Dr. Balujews Brust. »Wißt ihr, wo das ist? Da ist die Karte.« Er zeigte auf die Schmalwand des Büros, wo eine große Landkarte von Rußland hing. »Südlich von Bratsk.

An der Uda. Im Bezirk Irkutsk! Genossen, wir sind verloren ...«

»Nichts ist verloren!« sagte Dr. Balujew und trat an das Fenster. Er öffnete es. Ein frischer, duftender Wind kam ins Zimmer, und man konnte das schönste Morgenrot seit Wochen sehen. »Wir werden bis Montag den Irrtum von Kemerowo aufgeklärt haben!«

»Oder den Irrtum von Krasnojarsk!« sagte der Pope.

»Wie das?« stöhnte Gorski.

»Man wird feststellen müssen, *wer* die Schuhe wirklich bekommen sollte: Nowo Tschemka oder Nowo Tschomska. Wenn die Verwechslung nun bei Krasnojarsk liegt ...«

»... dann bedeutet das ... «, fiel Dr. Balujew ein.

»... daß uns gar keine Schuhe zustehen?!« stotterte Gorski. Er holte tief Atem und sprang dann auf. »Nie!« brüllte er heiser. »Nie gebe ich die 1500 Schuhe her! Was ich habe, das habe ich! Wer weiß, wann wir wieder an der Reihe sind?«

»Das gleiche wird Nowo Tschomska sagen.«

»Was wollen sie mit 1500 rechten Schuhen, he?!«

»Was fangen wir mit 1500 linken Schuhen an?« fragte Dr. Balujew.

»Kann man sie nicht umarbeiten?« stöhnte Gorski. »Dann haben wir wenigstens 750 Paar ...«

»Das geht nie und nimmer.« Amossow hatte sich ein wenig erholt. Die Sache begann hochpolitisch zu werden, und das war nicht sein Gebiet. Er war nur Magazinverwalter. Politik, das war Gorskis Aufgabe.

»Man kann nicht die Anatomie verändern ... nicht bei Schuhen! Und wenn einer sogar einen Spreizfuß hat ...«

»Werft ihn hinaus!« sagte Gorski müde. »Ihr Lieben, tut

mir den Gefallen und werft Amossow hinaus, oder ich zerbeule ihm den Hintern!«

Amossow ging freiwillig. Die Kartons mit den linken Schuhen ließ er im Parteibüro zurück. Es war ja möglich, daß schon jemand um diese Zeit auf den Beinen war, ihn mit den Kartons sah und den Verdacht hegen konnte, er verteile heimlich an gute Freunde bereits die neuen Schuhe.

»Das wird einen Kampf geben«, sagte Gorski nach einer Weile Schweigen auf allen Seiten. »Wieviel Zeit bleibt uns noch?«

»Heute ist Freitag.« Väterchen Wladimir hob die rechte Hand. »Gott segne den neuen Tag.«

»Ich rufe nachher meinen Genossen in Nowo Tschomska an. Wenn das nicht möglich ist – weiß man, wie dieses Nowo Tschomska aussieht –, schicke ich ein Telegramm.«

»Warum?« fragte der Pope erstaunt.

»Die rechten Schuhe, Wladimir Wadimowitsch ...« stotterte Gorski entnervt.

»Glaubst du, der Genosse Sekretär von Nowo Tschomska würde bei dir anrufen oder dir telegrafieren wegen der linken Schuhe? Nie!«

»Weil er im Unrecht ist und ich im Recht bin!«

»Weißt du das so genau?«

»Wir haben 1500 linke Schuhe!« sagte Dr. Balujew. »Die sind uns sicher. Und die behalten wir! Wenn sich bei uns niemand meldet, warum sollen wir uns melden? Wollen wir eine Prozeßlawine ins Rollen bringen?«

»Dann soll uns einfach das Kombinat Kemerowo 1500 neue rechte Schuhe schicken, und das Kombinat Krasnojarsk 1500 linke nach Nowo Tschomska. Einfacher geht's doch nicht!« Gorski war sichtlich stolz auf seinen Vorschlag. »Nur eine Verzögerung von ein paar Tagen, liebe Leute.«

»Irrtum, Genosse.« Der Lastwagenfahrer schüttelte den Kopf. Er saß an der Wand auf dem Boden und war nicht einmal beleidigt, daß man ihm bis jetzt keinen Stuhl angeboten hatte. Auch der Beifahrer saß neben ihm, aber er schlief fest, mit auf die Brust gesunkenem Kopf. »Das geht überhaupt nicht.«

»Und warum nicht?« knirschte Gorski.

»Die Zuteilungspläne sind für zwei Jahre fertig! Jeder Schuh ist verplant! Einer muß also seine neuen Schuhe abgeben: Entweder Nowo Tschemka die linken oder Nowo Tschomska die rechten ...«

»Wir – nie!« sagte der Pope dröhnend. »Es war Gottes Segen, daß wir die linken Schuhe bekommen haben! Der Herr wird uns auch die rechten Schuhe schicken!«

»In drei Jahren vielleicht!« röchelte Gorski.

»Mein Sohn ... « Der Pope hob segnend die Hände. »Was sind drei Jahre für Rußland ...«

Es war erstaunlich, ja geradezu ergreifend anzusehen, wie am Montag ganz Nowo Tschemka, Männer und Frauen, in Zweierreihen vorn durch den Eingang in das staatliche Magazin hineinzogen und hinten wieder herauskamen. Eine lange, stumme Menschenschlange, wie bei Lenins Mausoleum auf dem Roten Platz in Moskau. Dort besichtigt man mit Tränen in den Augen eine fahl angestrahlte Mumie ... hier zog man ergriffen an den offenen Kartons mit den linken Schuhen vorbei. Schöne, schwarze Männerschuhe, schöne, braune Damenschuhe mit Riemchen. Auch in Nowo Tschemka hatten viele beim Verlassen des Magazins Tränen in den Augen. Fast fühlten sie den gleichen Entsagungsschmerz wie beim Anblick des konservierten Lenin. Ob ein berühmter Toter oder unerreichbare neue Schuhe ... ich frage euch, meine Lieben, wo sitzt da der Schmerz tiefer?!

Am Ausgang des Magazins stand Amossow und drückte jedem kondolierend die Hand. Das Beileid kam an ihn zurück, denn Großmütterchen Valentina lag nach Begreifen der Wahrheit, daß es keine neuen Schuhe gab, im Koma, und jeder wartete auf ihr Ende.

Dr. Balujew saß geduldig bei ihr und kontrollierte ihren Herzschlag, der aber kaum noch vernehmbar war.

Gegen Mittag flaute das Defilee an den Kartons mit den linken Schuhen ab, dafür rückte die Holzfällerbrigade aus der Taiga an, an der Spitze der bärenstarke Fedja und der II. Ingenieur, die geistige Kraft der Brigade. Auch diese durch nichts aus der Ruhe zu bringenden Genossen marschierten ergriffen an den linken Schuhen vorbei, nur die letzten Kartons litten sehr unter der Enttäuschung der Männer. Jeder, der das Magazin verließ, spuckte sie an. Vom Hygienischen her betrachtet, war das nicht gut ... aber Amossow verstand den tiefen Schmerz der Holzfällerbrigade.

Im Parteihaus tagte unterdessen permanent ein ›kleiner Rat‹ von verläßlichen und klugen Genossen, zu denen sogar der Pope gehörte. Bei jedem Telefonklingeln schraken sie auf, sahen sich an und dachten: Das ist Nowo Tschomska! Sie wollen unsere linken Schuhe!

Es war möglich, daß um die gleiche Zeit im Parteihaus von Nowo Tschomska ebenfalls ein ›kleiner Rat‹ von Genossen saß und zusammenschrak, wenn das

Telefon anschlug: Jetzt wollen sie unsere rechten Schuhe! – Wer weiß das? Sicher war nur, daß weder von der einen noch von der anderen Seite her angerufen wurde. Hier zeigte sich ganz deutlich die Einheit der Werktätigen im Handeln und Denken: Was wir haben, das haben wir! So eine kleine Panne der Planwirtschaft, Genossen ... wer redet denn darüber? Die Schuhe für die andere Fußseite werden auch noch eintreffen. Oder kann jemand leugnen, daß wir 1500 neue Schuhe bekommen haben, na?

Die Holzfällerbrigade indessen kam mit konkreten Vorschlägen ins Parteihaus. Gorski, bleich, übermüdet, hohläugig, hing auf seinem Stuhl hinter dem Parteischreibtisch und versuchte, mit den anderen Genossen einen deftigen Beschwerdebrief an die obere Parteileitung zu formulieren. Es war sicher, daß dieser Brief nie abgeschickt werden würde, aber man mußte etwas tun, denn das Amt des Parteisekretärs verlangte Initiative! Nun kamen auch noch Fedja und der II. Ingenieur, als Delegation des Holzkombinats ›1. Oktober‹ ins Büro.

»Man sollte persönlich eine Petition nach Irkutsk bringen!« sagte der II. Ingenieur zum Beispiel. »Jeder weiß ja, wie das geht mit den Briefen. Da sitzt ein Herzchen von Sekretärin und selektiert die Post, und nur was sie für gut erachtet, bekommt der maßgebende Genosse zu lesen. Glaubt ihr, unser Brief wäre darunter? Ich nicht! Nein! Er muß persönlich abgegeben werden. Wir schicken eine Delegation hin. Wer in Nowo Tschemka am abkömmlichsten ist, soll sich auf die Reise begeben und einen Antrag für die Sonderzuteilung von 1500 rechten Schuhen überreichen. Na, ist das eine Idee?«

Immerhin war sie es wert, daß man sich Gedanken darüber machte, wer in Nowo Tschemka am entbehrlichsten war. Bei dem Versuch, diese Frage zu beantworten, wurde erst einmal entdeckt, wie schwer eine solche Bewertung war. Schließlich waren drei Genossen ausgewählt, die man glaubte, für ein paar Tage vermissen zu können: den Sargtischler Wassja Lukanowitsch Grijenkow, der eigentlich die ganze Aufregung verursacht hatte, den Totengräber Leonid Iwanowitsch Kasakow und als dritten Mann den Flötenspieler Abraham Grigorijewitsch Ulanski, der im Orchester von Nowo Tschemka tirilierte und zudem noch von allen dreien der Intelligenteste war. Es wurde sogar beschlossen, in der Zeit seiner Abwesenheit nur Musikstücke zu spielen, in denen keine Flöten vorkamen ... aber das war von zweitrangiger Bedeutung.

Als man nun immerhin schon soweit gekommen war, sagte der Pope Wladimir: »Ein sehr guter Plan! Aber wir drehen uns und beißen uns sozusagen in den eigenen Hintern, liebe Kinder des Herrn. Nehmen wir an, der Genosse in Irkutsk ist ein Freund des Sekretärs von Nowo Tschomska, denn dieser Ort – Gott schütte Kübel über ihm aus – liegt Irkutsk näher als der unsere! Was wird der hohe Genosse tun?«

»Der Plan ist gestorben!« Gorski winkte ab. »Es bleibt bei unserem ersten Entschluß: Wir werden mit den 1500 linken Schuhen leben müssen, bis uns das Wunder einer Zuteilung von 1500 rechten Schuhen ereilt! Ich werde Amossow den Auftrag geben, die Kartons gut und schimmelsicher zu lagern und sie jeden Monat zu kontrollieren. Zweimal im Jahr werden sie eingefettet, damit bloß nichts an ihnen geschieht!«

Genauso geschah es, liebe Freunde.

Von keiner Seite kamen Anfragen, niemand klagte öffentlich über die Panne der Planwirtschaft, das Kombinat von Krasnojarsk schwieg ebenso wie das Kombinat von Kemerowo ... nur las man später in den Zeitungen, daß die sowjetische Schuhindustrie an der Spitze der Weltproduktion liege und den Weltstandard an Qualität längst überboten habe.

Großmütterchen Valentina Mahmednowka starb nach zwei Monaten. Bis zu ihrem letzten Atemzug glaubte sie unbeirrt, die rechten Schuhe könnten noch eintreffen. Ihr Tod leitete einen langen, eisigen Winter ein, in dem man andere Sorgen als fehlende Schuhe hatte. Nur Amossow verfluchte die 1500 Kartons. Er mußte jeden einzelnen monatlich einmal nachsehen. Er hatte dabei die linken Schuhe in die Hand zu nehmen, sie zu kontrollieren und – wo sich Ansätze von Schimmel zeigten – sie sofort einzufetten.

Dann wurde es Mai. Eis und Schnee waren geschmolzen. Die Ostermesse war besonders feierlich ausgefallen, weil Väterchen Wladimir auch wegen der fehlenden Schuhe intensiv betete. Die Schlammperiode, in der man nur mit Raupenschleppern bis nach Nowo Tschemka kommen konnte, war auch vorüber, die Taiga blühte und duftete wieder, und Dr. Balujew war viel unterwegs, denn der Mai war der Monat, in dem die meisten Kinder geboren wurden.

Da traf es Gorski, Amossow und die ganze Stadt wie ein Keulenschlag: Das Zentrallager in Jenisseisk schickte eine neue Versandankündigung: 1500 neue Schuhe für Nowo Tschemka. Seriennummer 5678. Modell: Astrachan.

»Das überlebe ich nicht!« stöhnte Gorski, der sofort den Popen und Dr. Balujew hatte rufen lassen. Amossow weinte wieder still vor sich hin. Seit Monaten träumte er jede Nacht von Schuhen und lief – wenn es die Witterung zuließ – aus Protest nur noch barfuß herum.

»Hier, lest es selbst, Genossen: 1500 Stück! Nicht Paar! *Stück!* Es geht alles wieder von vorne los. Und dann noch ein neues Modell! Astrachan! – Wer soll so etwas seelisch und körperlich durchstehen?!«

Diesmal sagte man nichts. Fast unter Ausschluß der Öffentlichkeit trafen die Schuhe ein. Es waren – natürlich – die gleichen Fahrer, der gleiche Lastwagen mit Anhänger, die gleichen Schuhkartons – diesmal nur mit anderen Nummern und Typenbezeichnungen.

Gorski, Amossov und der Pope stürzten sich auf den ersten Karton, der hinter dem Parteihaus ausgeladen wurde. Dr. Balujew holte Herztropfen aus seiner Arzttasche.

Der Deckel des Kartons flog hoch in die Luft, Gorski griff in ihn hinein, riß den Schuh Astrachan heraus und schwenkte ihn über seinen Kopf. Mit einem Aufschrei fiel Amossow nach hinten gegen den Popen Wladimir.

»*Rechte* Schuhe!« brüllte Gorski, als habe er einen Krieg gewonnen. »Es sind 1500 rechte Schuhe! Genossen, wir sind komplett!«

Wie Goldstücke trug man später die Kartons ins Magazin und stapelte sie neben die Schachteln mit den linken Schuhen. Väterchen Wladimir ging durch den Lagerraum und segnete die kompletten Schuhpaare. Sogar Gorski hatte nichts dagegen – ihm standen vor tiefer Ergriffenheit die Tränen in den Augen.

Was spielte es für eine Rolle, daß das Modell

Astrachan anders geschnitten war als das Modell Nowgorod? Außerdem waren die Herrenschuhe nicht schwarz, sondern braun, darüber hinaus keine Schnürschuhe, sondern Slipper. Das Modernste vom Modernen! Die Damenschuhe waren diesmal schwarz und hatten keine Riemchen. Es waren formschöne Pumps. In der Höhe der Absätze gab es einen kleinen Unterschied – aber das war kein Problem. Man konnte bei den örtlichen Schustern einen Absatz verlängern oder verkürzen. Darüber müßte man zu gegebener Zeit noch abstimmen.

Es war wieder ein besonderer Feiertag für Nowo Tschemka, als Ende Mai, an einem schönen Morgen, die Schuhe an die Genossen mit dem Berechtigungsschein verkauft wurden. Drei Milizionäre regelten die anstehende Menschenschlange. Wie gelernte Schuhverkäufer probierten Amossow und seine vier Gehilfen die Schuhe an. Wer wieder aus dem Magazin herauskam, seinen Schuhkarton unterm Arm, fühlte sich als der glücklichste Mensch der Welt.

Und alle sind es bis heute geblieben.

Sie sollten sich das ansehen, wenn Sie jemals nach Nowo Tschemka kommen. Dort stört es keinen ehrenwerten Bürger, wenn er links mit einem schwarzen Schnürschuh Modell Nowgorod und rechts mit einem braunen Slipper Modell Astrachan angetan herumläuft. Und die Frauen stolzieren wie Zarinnen durch die Straßen, wenn sie am linken Fuß die braunen Riemchenschuhe und am rechten Fuß die schwarzen Pumps tragen können. Allerdings werden Sie das nur sonntags und an Feiertagen beobachten können. Die kostbaren Stücke müssen schließlich geschont werden.

Jedenfalls: alle, alle sind glücklich. Denn es bewies sich wieder einmal die alte russische Wahrheit: Man muß nur warten können und geduldig sein!

Außerdem, Hand aufs Herz: Wo gibt es neue Schuhe, Genossen?

KONSALIK
22 x Hochspannung i
KONSALIK
Vor dieser Hochzeit wird gewarnt
ROMAN
BASTEI LÜBBE